花開小路三丁目的騎士

小路幸也——著
吳季倫——譯

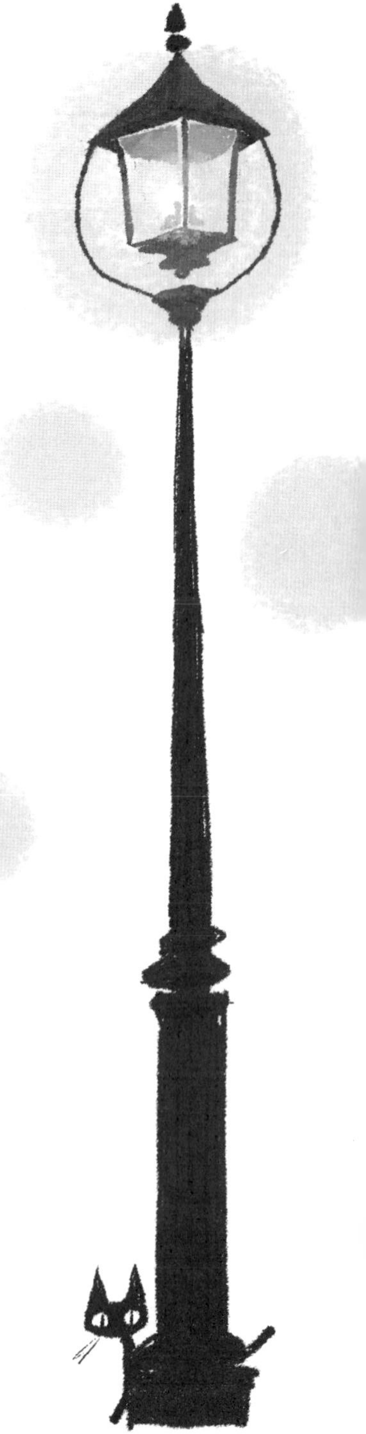

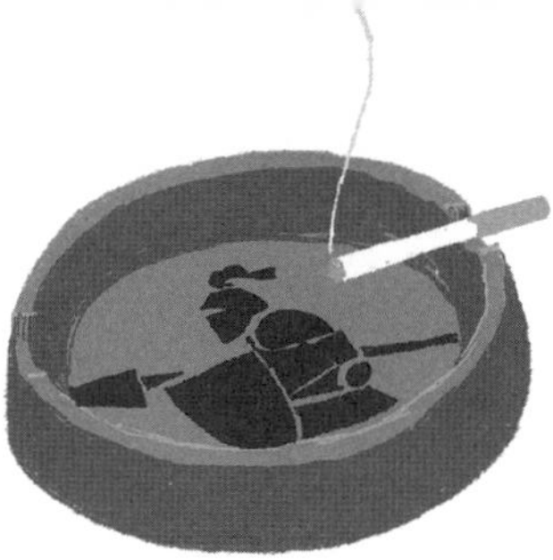

Prologue　店名「KNIGHT」

「奈特咖啡館」，坐落於「花開小路商店街」三丁目的巷子裡。

店名其實是代表「騎士」的「KNIGHT」，而不是英文發音相同的「夜晚」的「NIGHT」，不過這條商店街上知道這件事的人恐怕不多。

原因是，店門前那幅曾經清晰印著「KNIGHT」的綠色遮陽簾如今已成了一片褪色的舊布，連底色都難以辨識更別說是上面的字了，而當年開幕時就掛在門口的那塊木招牌上也僅僅寫著「奈特」的拼音。

不僅如此，這間店已度過六十三年的悠久歲月了。

這家咖啡館是我的外曾祖父——圓藤讓治開的。

外曾祖父早在我出生前就過世了，所以我對他的生平知道得並不多，只聽說相當特立獨行。

他參加過二戰，戰爭結束後為了餬口，從街頭藝人到政治家什麼都當過，度過了精彩萬分的一生。也由於他曲折離奇的人生經歷，上門的顧客個個標新立異，有些甚至令人避之唯恐不及。外曾祖父為了不造成其他店家的困擾，始終沒有加入商店街的自治會。

六十三年的光陰，想想實在值得敬佩。

開幕那年是昭和二十五年，換算成西曆是一九五〇年，距離二戰結束才僅僅過了五年，真是好久好久以前的事了。距今三十年前，年邁力衰的外曾祖父一度收了店，在遺言中交代由孫兒仁太、也就是我的舅舅繼承。仁太舅舅於十六年前恢復營業，咖啡館的外觀和內裝一切照舊沿用。

因此，時至今日，幾乎沒人知道店名的意思其實是「騎士」而不是「夜晚」，更不曉得當初命名為「騎士」的用意了；即使真有人還記得那段往事，也都是些高齡八旬，甚至九旬的耆老了。

更何況自從仁太舅舅接手以後，將營業時段調整至晚間，如此更容易讓人誤以為「奈特」是「夜晚」的譯音。

是的。

奈特咖啡館的營業時間，是從漸漸西沉的太陽將街道染上一抹淡淡橙紅的午後四點左右，直到翌日清晨的黎明時分。

奈特確實是一家深夜營業的咖啡館。

並且是花開小路商店街上唯一一家通宵開店的商家。

磚砌的門面，格調沉穩。久經歲月淘洗的磚塊不復當初的有稜有角，曾經鮮豔的顏色亦已然褪去，整體散發著猶如廢墟的氛圍。

實際上，這棟建築物並不是從上到下全部磚造的，而是二戰結束後常見的那種面寬窄、縱深長的兩層樓木構住宅，只有一樓正面玄關周圍和店內壁面砌的是磚牆。並且，雖然住家空間就在店鋪後方，但是主屋和店鋪之間沒有內部的廊道連通，在生活上極為不便。

儘管外觀看來像座廢墟，但裡面可不是破落屋。室內牆面雖被擺滿一座座木櫃的VHS錄影帶和DVD光碟片遮住了樣貌，但是黑得發亮的實木地板所呈現出的低調奢華，與帶有殖民風格的美式家具擺設堪稱相得益彰。若說有什麼美中不足的，頂多是黯淡的燈光所形成的那股陰森森的氣氛了。

二樓的布置風格和一樓同樣讓人舒心愜意。進入店內往後走，再沿著那道貼牆的階梯拾級而上，映入眼簾的是鋪木地板與櫃臺，以及相同的殖民風格美式家具的木桌椅，感覺很像是常出現在西部電影中的酒吧。

不過，這塊區域不單可供營業使用，同時是仁太舅舅和我的臥室。當然，商店街的鄰居和老顧客造訪時，也會來到這個起居空間促膝聊談。

「這家咖啡館從我們讀小學時就是這種感覺了，爸媽時不時耳提面命：你們這些小蘿蔔頭不准進去！」

「是啊，大人常說，等你大到敢一個人走夜路的時候才可以去奈特。」

圍桌而坐的克己、北斗和我喝著美式咖啡聊起往事，三人頗有同感。

「沒辦法，誰讓這裡不太像一般正派經營的咖啡廳呢？」

接口的克己笑著說，朝店裡打量了一圈。

說得也是。儘管門前掛著咖啡館的招牌，經營方式卻與普通的店家截然不同。雖是在深夜營業，但又不是酒館，連一杯酒都不賣。

絕大部分的營業額其實來自於出租商品的收入。而且出租的是如假包換的ＶＨＳ錄影帶和黑膠唱盤。說得更精確一點，這裡也出租ＤＶＤ和ＣＤ，以及二手品的販售。店內每一道牆面幾乎都有手工釘製的木櫃，上面擺著滿滿的ＶＨＳ錄影帶和黑膠唱盤，而且以海外版影片及歐美唱片居多。

「令人咋舌！」

「真的！」

「是啊……」

我對這方面毫無涉獵，聽說世界各地都有專門蒐集ＶＨＳ錄影帶的愛好者，更有多如繁星的夢幻作品根本不發行ＤＶＤ版本。至於所謂的夢幻作品，僅僅是用於形容其稀罕珍貴，未必等同於一部電影最關鍵的內容是否精彩絕倫——以上這段話是從仁太舅舅那裡聽來的。

儘管如此，奈特咖啡館的顧客不僅來自全國，甚至遍布全球。正確而言，是那些蒐藏家透過電子郵件洽詢商品和下訂單，於是仁太舅舅順應需求開始販售。甚至可以說，這家店不過是棟倉庫罷了。至於銷售額如何，舅舅只說還不至於餓死吧。

「話說回來……」北斗撩起長長的劉海接著說，「待在這裡真的很放鬆。」

「那倒是。」

我點頭同意。克己端起咖啡杯朝我揚了揚，說：

「先好好休息一陣子再決定接下來的路要怎麼走吧。反正大家還年輕，想怎麼玩我們都可以陪你。」

「不行，克己沒資格四處撒野了！孩子都生了，要是敢那樣瘋玩，不被亞彌姊罵到臭頭才怪！」

「一碼歸一碼嘛……」

三人又笑了起來。

克己、北斗，還有我。

我們是小學同學。

我回到這座小鎮，也就是外婆家——圓藤家，是在大學畢業第二年的春天。換句話說，是在二十四歲這一年的春天。

其實我只有從小學三年級到六年級在這裡住過四年而已。

不過圓藤家畢竟是媽媽的娘家，從我出生以後，年年都回來過新年和暑假。自懂事以來，每一年的這兩段假期總是和同齡的克己與北斗玩在一起。

後來，媽媽離了婚，帶著小學三年級的我回到娘家，此後在這條花開小路商店街住了四年，直到我即將進入中學前媽媽和現在的繼父再婚，才隨他們搬離了這個小鎮。

換句話說，我是暌違十二年，再一次回到花開小路商店街長住。

在我離開的幾年間，這群兒時玩伴各有各的人生際遇。

克己目前是「白銀皮革店」的第三代老闆，不但已婚還當上爸爸了；而日後將接掌「松宮電子堂」的北斗於今年春天再度回到大學工學院就讀，並且訂婚了。這兩位友誼深厚的竹馬之友同樣踏著堅定的腳步，邁向嶄新的人生。

只有我，在本該揚帆啟航的明媚春光中，竟然夾著尾巴似地逃回了這裡。

欣然收留了我的人是仁太舅舅。

媽媽的弟弟，圓藤仁太。

也就是由外曾祖父手中接下了奈特咖啡館的仁太舅舅。

在我的記憶中，他一直是個「神祕的舅舅」。

據說他從小就常離家流浪，讓他的姐姐、也就是我媽媽傷透了腦筋。他這種流浪的癖好，甚至延伸到沒讀完高中就逕自出國了。家人根本不曉得隻身在異鄉的他究竟靠什麼維生，只能從偶爾捎回來的明信片知道至少人還活著。就這樣，等到他回到這個小鎮的時候，已是年過三十的男人了。

克己他們也提過這件事，都說商店街的人們同樣覺得仁太舅舅是個「謎樣男子」。

才四十來歲的他已是滿頭華髮，並且是極致銀白的長髮。他在店裡的慣常裝扮是頭紮馬尾，一襲簡便和服，腳趿竹皮屐。加上總在夜晚工作，白天又鮮少出門，因而膚色分外白皙。

儘管如此，他絕不是個「怪人」，時常笑容滿面，女性和小孩子都特別喜歡他。他那獨具魅力的內斂氣質據說是女人圈裡的熱門話題，可是他到現在依然維持單身。

至於沒結婚的理由，他親口表示自己是同志。

不過，我認為那不是實話。

我不明白仁太舅舅為什麼要說這種謊，但他並不是同志。應該不是。

儘管沒有十足的把握，大抵上錯不了。

因為，我才是同志。

一　日日夜夜（Night and Day）

下午三點，午茶時刻。

我習慣在這個時間步下奈特咖啡館的一樓，準備開門營業。說是準備，工作內容其實沒什麼大不了的，先是打掃店裡的地板和牆上的架子，接著出門採購咖啡豆、牛奶和水果之類的食材。至於要買什麼，全看當天的心情。

奈特咖啡館沒有固定的菜單。從很早以前，牆壁的掛板就只寫著「綜合咖啡」「可可」「香蕉汁」「招牌三明治」「飯糰」，而這個方式一直沿續至今。

仁太舅舅獨自經營的時候，老客人光顧時頂多送上咖啡，現在既然多了一個人手，我於是提議和其他咖啡廳一樣供應更多餐點飲料，而那部分的營收則歸我所有。

我沒有做過餐飲業，只是喜歡下廚。

讀大學時一個人住，天天親手做中午的便當，晚飯也差不多都在房間裡煮給自己吃。大學同學甚至給我起了個「便當男子」的綽號。

多虧那段經驗，才能讓現在的我每天想出當日的菜單。

我通常出門到花開小路商店街上的魚政鮮魚鋪、平蔬果和向田商店繞一圈買些魚肉蔬菜，回到店裡在黑板寫下「今日特餐」。當然了，常見的飲料品項自是一應俱全。

關於菜單，仁太舅舅只提醒我最好是創意菜或異國料理，原因是必須與附近的餐廳做出區隔。花開小路商店街上有法式餐廳、中菜館、日式食堂、拉麵店、烏龍麵店以及魚料理專賣店，所以在擬定菜色時的優先考量就是不能和那些店家的招牌菜有所重疊。

「嘿，小望，早啊！」

「早安！」

剛踏出大門，迎面遇上的是店面同樣位於三丁目的平蔬果的種田老闆。他是個大嗓門的親切老伯，十足蔬果鋪店主的派頭。都下午三點多了，已不適合互道早安的時刻，不過商店街的左鄰右舍每每遇到這個時段起床出門的仁太舅舅總是向他說聲早，自然而然也對住在一起的我這樣問候了。

「今天要買啥？」

「想熬一鍋番茄醬汁，請給我番茄。」

「交給我！要做醬汁的話就選這邊的吧，算你便宜一點。」

平蔬果的種類相當齊全。不僅有各種罕見的蔬菜，甚至還直接向附近的農家收購一些賣相欠佳的蔬菜來販售。

「今晚的特餐是什麼？」

種田老闆住得近，經常來我們店裡用餐。

「我打算做高麗菜捲佐番茄醬汁。店裡還有南瓜，所以再做一道蜜燉南瓜番茄。」

「聽得我都快流口水啦！對了，仁太剛剛經過了。」

「是的。」

仁太舅舅早一步出門，但我不知道他去了哪裡。種田老闆留神著不讓周圍人們聽見，壓低嗓門湊向我說道：

「有個榛短的女學生跟在他後面，不知道要幹什麼？」

「榛短的女學生？」

榛短是簡稱，全名為榛學園女子短期大學部。為什麼那所女校的學生會跟在舅舅的後面呢？

「怎麼回事？」

「我也不曉得呀，反正就是一個身穿榛短制服的女學生急急忙忙地追著仁太跑了過去。」

「追著舅舅？」

「對啊。仁太看起來像是要躲她哩！」

我歪著腦袋想了想。

「一點頭緒也沒有。」

「我沒在這一帶瞧見過那個小姑娘，是個美人胚子哩！那件制服怎麼看怎麼漂亮。」

榛學園短期大學部有學校制服。除了重要儀典和特殊活動之外，校方允許學生平時穿私服上學，但由於制服的設計古典而優雅，十足名門閨秀的風範，聽說不少學生平日裡也穿著這身制服。

那所學校的女學生在路上追著舅舅跑。

會不會是有事想找舅舅商量呢？不會吧……再怎麼想，一個就讀榛學園短期大學部的女學生應該不至於有什麼事需要向仁太舅舅諮詢的。

仁太舅舅說，「諮商」稱得上是奈特咖啡館的營業項目之一。

而且還是「夜間諮商」。

換句話說，那是一些無法輕易向他人傾吐的人生煩惱，直到深夜時分才能鼓起勇氣開口訴說。不少人會帶著這類深刻的苦惱來找仁太舅舅求助。有時候光是聽他們吐苦水，一整晚就這麼過去了。

這些顧客有公關小姐、有在風化場所上班的、有勞動階級，甚至一看就知道是黑道兄弟。不過，也有些只是平凡的上班族、家庭主婦或者大學生。

聽完煩惱之後，舅舅會想辦法解決他們的困擾。

「有些人只能過著不見天日的生活，總得幫幫他們。」

仁太舅舅這麼說。

我聽著也覺得有道理。

畢竟兩個月前的那一夜，自己就是這樣來到了奈特咖啡館的。

上一次見到舅舅差不多是五年前的事了。這也是我第一次踏進深夜營業中的奈特咖啡館。

好不容易獲得錄取進入公司，在那裡上班卻成為我痛苦的根源。內心不斷糾結著自己到底該不該辭掉那份工作，日復一日，都快把自己給逼瘋了。一個人待在獨居的屋子裡，實在沒把握哪一天自己會做出極端的選擇，但又不能找父母或朋友商量，只曉得再這樣下去恐怕不妙。事實上，這個問題找誰商量都沒用，唯一能夠做出決定的人只有自己。

忽然間，心中浮現了仁太舅舅的身影。

那個奇特而不可思議的舅舅。那個見面時總是一臉笑容、放蕩不羈、遨遊世界之後終於回到家鄉的舅舅。

等到回神過來，赫然發現只帶上錢包和手機的自己已經搭了一個鐘頭的電車，來到這條花開小路商店街了。上一次來這裡是好幾年前仍是高中生的我和媽媽回來探望外公外婆，順便陪兩位老人家過年。

抵達時約莫是午夜時分。我站在嵌於磚牆間的店門前猶豫著該不該進去，正巧一個中年男人推門而出，兩人頓時四目對望。那個男人看著我，咧嘴一笑，回頭朝店裡喊了聲：

「喂，仁太！煩惱的青年來找你啦！」

男人在踏出門外時順手將我推進店裡。下一秒，只見站在櫃臺前、一襲深藍色簡便和服的仁太舅舅瞪大眼睛，隨即笑了起來。

「我還以為是誰呢，原來是親愛的外甥啊！」

「舅舅好。」

舅舅朝我背後張望了一下，察看還有沒有其他人。

「就你一個？」

「對。」

「老姐好嗎？」

「大概還好吧。」

仁太舅舅側著頭思忖片刻，接著給了我一個大大的笑容。

「小望，你運氣不錯啊。」

「怎麼說？」

「我今天剛買了一床新棉被，還是叫做什麼AiR[1]的高級品牌呢！你可以在二樓睡個舒舒服服的好覺喔！」

從那一天以後，我就和仁太舅舅住在一起了。

兩人同住一個屋簷下之後，三餐就交由我負責了。不過，仁太舅舅畢竟是咖啡館的老闆，若是有心動手，大多數的菜色都難不倒他。實際上，只要顧客開口，而且店裡也有食材，舅舅就能端出一道好菜上桌。

昨天晚上也是，有人想吃生蛋拌飯，舅舅隨即應顧客要求特製了一碗。做法是將超市買來的雞蛋打在普通的白飯上，撒上芝麻和柴魚片，唯獨醬油是舅舅精心挑選後向特定商家訂貨的。這碗生蛋拌飯有著難以言喻的美味。舅舅透露，祕訣在於生蛋拌飯適合用口感略硬的米飯，炊蒸過程的最後一個步驟以燜熟為佳。他甚至不屑地表示，用剛蒸好的米飯做生蛋拌飯根本是邪門歪道。

點了這道餐的人是深夜兩點造訪的權藤刑警先生。我生平只見過兩名刑警。另一位是一丁目那家「赤坂食堂」的小淳刑警。小淳刑警還沒來過這裡，權藤先生則是老主顧了。

是的，權藤先生正是我來到這裡的那一晚，步出門外時順手把我推進店裡的那個客人。警

①日本知名的東京西川寢具公司旗下的品牌系列。

界夥伴多數尊他一聲權學長，舅舅則稱他權藤兄。

「堂本！」

買完菜回到店門前正要開鎖時，背後有人叫了我。

「噢，美代。」

美代一手拎著袋子，另一手舉起來朝我開心地揮個不停。

「仁太先生呢？」

她笑著問。

「好像還沒回來。」

「是哦。」她點點頭。「你們訂的唱片已經到了。」

「謝謝。有空的話，要不要進來坐坐？」

「好哇！」

我打開門，順手亮了燈。細長的豎形窗使得店裡總是昏昏暗暗的。我繞進櫃臺後方的備餐區，把買回來的魚肉蔬菜放進冰箱。美代是常客，熟門熟路地在備餐區前較短的櫃臺前找了張凳子坐下。

「可可？」

我問她。她嗯了一聲，笑著點頭。

美代的全名是國元美代，是位於一丁目轉角那家「國元樂坊」的獨生女。我們是小學同班同學。她來到這裡總是喝可可，而且最喜歡喝仁太舅舅的特調配方。

首先把可可粉倒在單柄鍋，再放入糖漿，以小火不停攪拌直到飄出香氣，這是最關鍵的步驟。等到完全融化以後，分次少量加進熱牛奶並且持續以小火攪拌，混合均勻之後將剩餘的牛奶全部加入，繼續用力攪拌至冒泡，於沸騰前趕緊倒進溫過的杯子裡，擠上鮮奶油，撒上少量的肉桂粉和可可粉的綜合粉末，到此大功告成。

「好了，請用。」

「謝嘍。」

「我去備料，妳慢慢喝。」

「嗯。」

據說美代在高中畢業後曾到建設公司的內勤部門上過班，兩年前在父母的要求下辭去工作，回來幫忙家業。

國元樂坊以前是唱片和樂器的專賣店，現在改為販售CD和DVD以及樂器。眾所皆知，音樂CD和電影DVD的銷售現況相當嚴峻，而樂器的市場也好不到哪裡去，實在沒辦法聘僱外部員工，只能靠一家人咬著牙經營下去了。

美代捧著這杯熱可可，一口口喝得有滋有味的，十分開心。

回到這裡之後和一些小學同學敘了舊。北斗和克己一下子就認出來了，完全認不得的是美代。不是客套話，我是真沒想到她會變得那麼漂亮。不過，長得漂亮是一回事，感覺上好像還沒交到男朋友。

聽克己說，美代是花開小路商店街三大鎮店之花的其中一人。我問了其他兩人是誰，說是三丁目「韮山花坊」的花乃子姊，以及一丁目「柏克萊餐廳」的奈緒。不過，花乃子姊前些時候結婚了，隨之升格為名譽店花，目前最受矚目的候補者是同樣在韮山花坊工作的一個名叫芽依的女孩。

這些是克己和北斗來店裡的時候和我常聊的話題。他們是為了讓我盡快融入商店街的生活，特意聊談這類訊息的。

「搗番茄就搗番茄，怎麼笑得那麼開心？」

美代問我。

「沒什麼，只是突然想起克己說過的話。」

我轉述了店花的事，美代露出了無奈的笑容。

「他們說最近要做一本商店街的導覽手冊，指定我們幾個店花拍攝合照，免費發送。」

「好主意！」

克己不愧是點子王。我這個同學堪稱是這條商店街的靈魂人物，為了振興地方經濟而煞費苦心。我也很想出一份心力，不過首先得在餐點方面多下點功夫，讓奈特咖啡館的營運步上軌道才行。

「我一直在想……」

「嗯？」

「既然你回來了，這裡應該可以從早上開始營業吧？晚上和以前一樣，由仁太先生負責。你們兩人輪班。」

「話是不錯……」

我曾向舅舅提議，但他認為我還沒有做好心理準備。

「換句話說，我還沒有下定決心要一直經營這家咖啡館，況且也不急著做出決定。」

「這樣哦。」

仁太舅舅說，暫時當自己是來打工的就好。住在這裡的這段時間，只要別忘了思考往後的人生旅程該怎麼走就可以了。

「對了。剛才種田老闆告訴我，有個榛短的女學生追著舅舅跑。」

「榛短的女學生？」

「妳認識那個女學生嗎？」

美代想了一下，忽然露出想起什麼似的表情，雙手一拍。

「聽你這麼一說，我好像看過耶！會不會是那個女孩呀？」

來店裡吃晚餐的顧客日益增多。今天合計賣出了十二份餐點，相當於一萬圓的銷售額，再加上飲料，單日營收約有兩萬圓之譜。扣除成本之後的純益，其實固定營收的金額差不多是便利商店大夜班工讀生的薪資而已。

不知道什麼因素，這條商店街的主街上沒有咖啡廳。按理說總該有個一兩家，偏偏從以前到現在還真的連一間都沒有。幸好商店街兩旁的巷子裡開著零星幾家，不至於找不到地方坐一坐。既然附近開了像樣的咖啡廳，其他店家也就漸漸養成在打烊之後，進來喝杯咖啡放鬆一下的習慣了。當然，也有些人是來租錄影帶的。在九、十點之前來店的都屬於這樣的客群，過了十一點以後就幾乎沒人上門了。

那麼，兩個男人單獨待在店裡的時候都做些什麼呢？我們通常坐在一樓的超大螢幕電視機前看電影。這裡有無數電影我從沒看過，更不用說身為電影迷的舅舅很樂意把睡覺以外所有睜開眼睛的時間統統拿來看電影。

「舅舅……」

仁太舅舅摁下暫停鍵去了趟洗手間走回來，這時我開口問了。

「什麼事？」

「人家告訴我，下午有個榛短的女學生追著你跑？」

「噢……」舅舅嘆了氣，略顯無奈地把自己扔進沙發。「被人看到了？」

「那是誰？你該不會對人家做了什麼吧？」

「哼！」舅舅從鼻子冷笑一聲。「我對女人沒興趣，可是女人對我有興趣。人生不如意十之八九這句俗諺還真有道理。」

「那倒是。她到底是誰？」

「非問出來才肯罷休？女大生是你的菜？」

「我媽每星期會傳一次訊息來，老是吩咐我既然住在家裡就要想辦法幫舅舅迎個舅媽進門，好讓外公外婆放心。」

這是實話。我的外公外婆，也就是媽媽和仁太舅舅的父母——圓藤治樹與圓藤圭子就住在店鋪後方的主屋裡，兩位老人家現年同為七十有三，身體硬朗。外公在市政府當了一輩子的公務員，早已屆齡退休了，過著閒雲野鶴般的生活。

「哎……」舅舅撓撓頭。「結婚並不是人生唯一的幸福之路啊。」

「那個以後再談，先說那個女學生是誰？」

「這個嘛……」舅舅兀自點頭，雙手環胸。「說來話長……」

就在這時，店門開了。我們兩人下意識地同時轉頭喊了聲「歡迎光臨」。走進店裡的是一個和我年紀相仿的年輕男人。我見過他，但不知道是誰。

「嘿，駿一！」舅舅打了招呼，再看著我問，「沒認出來？乾洗店嘛……」

「喔，是『轟乾洗店』！」

「兩位好。」駿一點頭問候。

我想起來了，來客是乾洗店的獨生子，大約二十或二十一歲吧。

「難得在這裡看到你。想租成人錄影帶的話，有好片推薦喔！」

聽舅舅說完，駿一尷尬地笑了。

「不是來租片的！」

之前聽人稱讚過他是個非常正直的青年，看起來的確是這樣的。只見他一臉猶豫地環顧店內，似乎在檢查有沒有其他人在場。

「想喝什麼？」

「噢，請給我紅茶。」

我起身，舅舅請駿一坐在對面的沙發上。

「如果不是租成人錄影帶而是有話想告訴我，那就坐吧。小望，紅茶用茶包就好。來諮商的年輕人是不收錢的。」

我心想泡茶包會不會怠慢了客人。只見駿一猶豫片刻，終於點頭坐了下來。

我現在已經了解仁太舅舅的諮商程序了。接下來他會一直等待對方主動開口。不是空等，而是看著電影等。對方雖然也一起看電影，不過想必根本看不進去，一段時間過後就會吐露煩惱了。

駿一也一樣先是望著電視螢幕，等我端來紅茶後隨即輕嘆一聲，開口說話了。

「呃……」

「說吧，如果和女人有關就老實招認，假如和金錢有關就坦白直說。錢的事呢幫不上忙，女人的話說不定還能出出主意。」

駿一點點頭，往下說：

「我有喜歡的對象了。」

「很好啊。」舅舅手抱胸前，笑著點頭。「誰家的女孩？以前的同學？」

「不是的，呃，她年紀比我大。」

「姐弟戀？不錯啊，我年輕時有一段時期也很喜歡姐姐呢。大你幾歲？」

「八歲。」

八歲。駿一目前差不多是二十或二十一，這樣算來對方應該是二十八或二十九吧。仁太舅舅撇了撇嘴。

「大你挺多的。這麼說，今天特別來找我商量，想必有難以解決的苦惱吧。」

駿一低下頭。

「……她有小孩。」

「是個媽媽？」

仁太舅舅側著頭反問。

「還有，那個……她當過公關小姐……」

啪！仁太舅舅往自己的腦門拍了一記。

「懂了。是小關姐！」

小關姐？

「什麼是小關姐？」

「有『小』孩、當過公『關』的『姐』姐。專門拐騙年輕男生的典型狐狸精！」

舅舅說這種話簡直討打。

「不是！」駿一毅然抬起頭來。「不是那樣的！她沒有騙我！」

眼前這副義正辭嚴的神情，不禁令我和仁太舅舅面面相覷。我雖是同志，也只比駿一虛長幾歲，不過，如同舅舅所說的，不難猜到和這種有小孩、當過公關的姐姐交往的男生多半會得到什麼樣的下場。

「好好好，你冷靜冷靜。這麼說，你是真心愛上那個女人，甚至考慮和她結婚嘍？」

舅舅說完，駿一一臉認真地點了頭。

「是的。我決定要當小杏的——小杏是她女兒的名字——爸爸了。」

「小杏幾歲了？」

「八歲。」

舅舅緩緩點頭，將插在和服前襟的衣領交疊處的手抽出來，抵在下顎。

「好，你把和那女人從認識到現在的所有過程鉅細靡遺說出來。別擔心，我有一整個晚上的時間聽你慢慢講。聽完了以後，我們再來想想辦法。」

我把事情的概要整理如下：

轟駿一住在家裡，目前在一所位於東京的數位遊戲專科學校上課。當然，轟乾洗店的經濟狀況算不上闊綽，駿一必須半工半讀。

學校附近有一家居酒屋，他放學後會去那裡打工。有個同校的同學在東京獨自租屋，駿一若是打工到太晚，來不及趕搭最後一班電車，通常到同學的公寓借住一夜。

那個女人就住在那個同學的隔壁。

三峰里奈子小姐，二十九歲。她有個女兒名叫小杏，今年八歲。

她當公關小姐的那段經歷是幾年前的事了，目前在附近的便當店工作。雖不是正職員工，但深受店長的器重，收入還算能讓母女倆三餐溫飽。

至於兩人相識的經過是這樣的：那一天，駿一在十點左右去了那個姓日高的同學家。並不是因為沒電車可搭了，而是日高找他到家裡坐坐。他正要敲門時，隔壁那一戶突然傳來一陣噪音，明顯是鍋子掉到地上的聲響以及小孩的驚叫聲。

「原以為接下來會聽到大人的訓斥或安撫，卻什麼都沒聽見。」

從這段敘述可以看出駿一是個心地善良的好青年。他有點擔心，敲了敲隔壁大門，問了聲：「請問還好嗎？」接著，那扇門往外推開，只見站在門裡的小杏哭個不停。

「於是，你發現整鍋咖哩翻倒在地，還濺到小女孩的腿上，連忙衝進屋裡帶她去浴室沖水。在那個當下竟能做出如此迅速的判斷，真了不起！」

仁太舅舅的稱讚讓駿一有些難為情。

「沒什麼，居酒屋常有的事。」

「哦，原來如此。」

雖說是打工時累積的經驗，在事情發生的瞬間能否緊急做出正確的反應，端看個人與生俱來的天分。相信駿一在進入社會工作之後，必能成為一名實力堅強的企業戰士。

那天里奈子小姐是因為留在店裡開會，以致於回家的時間遲了些。小杏心想媽媽就快到家了，貼心地先把咖哩復熱，幫忙準備晚餐，沒想到一不小心把鍋子給打翻了。

「所以，小杏的媽媽，也就是里奈子小姐回來後向你道謝，這成為你們相識的契機囉？」

「是的。」

所幸小杏的傷勢沒有大礙，只被燙出了小小的水泡而已。

「我詳細說明了自己的身分。後來，她特地請日高轉告，希望向我好好道謝，想知道我下一次什麼時候去日高家。」

「總之，她想趁你去日高家的時候，做一頓飯菜請你吃，對吧？」

「您猜得真準！」

驚訝的人不單是駿一，還有我也嚇了一跳。

「我畢竟比你多活了幾年嘛。你們就這樣開始交往了，對吧？你對三峰里奈子小姐十分傾心，某一天終於鼓起勇氣邀她約會？比方問她願不願意找個星期天帶小杏一起去遊樂園玩之類的。」

駿一又瞪大了眼睛。

「一點也不錯！」

「這種約會模式最容易博得一個媽媽的青睞了。隨著約會的次數增加，你對里奈子小姐的愛意愈來愈深，而小杏也很喜歡你這個大哥哥。最終，你向里奈子小姐表白，但她說自己是有小孩的姐姐，配不上你這個年輕男生，予以婉拒了，但你這個純潔如白紙的楞頭青年仍然滿腔熱情地不斷示愛，里奈子小姐也終於墜入了情網。然後，某天恰巧小杏去朋友家住一晚，你在這個天賜良機的助攻之下與她共度良宵，從此大為振奮，甚至動起了結婚的念頭。……駿一，我問你。」

「請說。」

「你是處男吧？里奈子小姐是你第一個女人吧？」

瞠目結舌的駿一點頭如搗蒜。顯然仁太舅舅剛才的這番推理從頭到尾完全正確無誤。

舅舅得意一笑，點了頭。

「把悶在心裡的話統統說出來以後，整個人頓時變得神清氣爽，對吧？紅茶喝完就回家吧。假如要我幫忙，臨走前記得留下三峰里奈子小姐和日高同學的住址、手機號碼以及手機郵件帳號[②]等等聯絡資料。」

「您能夠幫忙解決嗎？」

「我哪有那種天大的本事啊？駿一，聽好了，這想必是你人生中第一次橫渡男女之間的那條深河。只有你自己能夠決定要不要渡過那條河到對岸去。除非你下定決心了，否則誰也幫不上忙。我能做的，頂多是打造一艘渡河的舢板罷了。」

「舢板？」

②日本某段時期的主流聯絡方式之一。手機收發簡訊需傳送至手機上的郵件帳號，不同於網路的電郵帳號。

「不曉得那是什麼玩意的話自己Google。還有，如果願意相信我，兩三天內不要對任何人提起這件事。」

駿一致謝後離開了。踏出店門的他，不再像初來時那般垂頭喪氣了。向人傾訴，確實是排解煩惱的一劑良方。

「該怎麼幫他呢？」

我問舅舅。他從沙發起身。

「還用問？當然是去會一會那位里奈子小姐啊！」

「現在？」

「俗話說『早晨思考清晰』，但我覺得『夜晚盡吐心聲』更符合人性。聽人轉述只能拿到二手傳播的資訊，唯有見面交談才能挖出對方內心的真實想法。舉個例子，我剛才說了『某天恰巧小杏去朋友家住一晚，你在這個天賜良機的助攻之下與她共度良宵』，他馬上點頭承認了，不是嗎？」

「是啊。」

「哪來那麼湊巧的天賜良機啊？都是經過精心策劃的啦！所謂知人知面不知心。」

精心策劃的……？

「舅舅的意思是，里奈子小姐為了和駿一共度一夜而刻意安排的？」

「不能排除那種可能性。既然上門諮商，就得先徹底了解對方的一切，才能提供建議，對不對？」

「應該是這樣吧。」

舅舅說了句去換件衣服就逕自上了二樓，沒多久，看到步下樓梯的舅舅時我不禁吃了一驚。這才想到，此前看到的舅舅不是穿著簡便和服，就是在澡堂裡裸裎相見。

然而，眼前的仁太舅舅一身筆挺的深藍西裝，平日亂蓬蓬的白髮也經過精心打理，服貼後梳的髮型像極了好萊塢的大明星。

「太帥了！」

我由衷讚嘆。

「那當然！」舅舅點了頭。「記住了，女靠化妝，男靠衣裝。」

「學到一招了。」

「你也去換衣服。」

我也要換？

二　羅馬假期（Roman Holiday）

深夜十一點半。

再過不久就是凌晨零點了，這種時間打電話簡直缺乏常識。雖然有很多人的職業在這個時段仍然辛勤工作，但若是從早晨開始工作的人們，這時候差不多準備就寢，甚至已經身在夢鄉了。

然而，仁太舅舅撥了電話。

而且是撥給陌生人，甚至是一位女士。

致電的對象是三峰里奈子小姐。仁太舅舅以相當平常、自然、溫和的語氣，約定了會面。

「她竟會答應我們這時候登門拜訪！」

「嗯。」舅舅點著頭，看向我。「你挺合適穿西裝的嘛。」

「好歹當過一陣子上班族。」

我總共只有三套西裝，每天就這麼輪流穿出門工作。那時的我是在一家頗具規模的建設公司上班，職稱是不動產部門的業務員。

剛才久違地套上西裝、繫上領帶時突然發覺，這一連串穿西裝打領帶的動作做來居然仍是駕輕就熟，不由得有些思念那段日子，感到幾分失落。

被舅舅這麼盯著看，我頓時有點慌張。那雙眼睛彷彿能夠洞悉一切。

「為什麼三峰里奈子小姐答應讓我們這時候去她家呢？換做是一般人，通常會當成是騷擾電話，立刻掛斷吧？」

我為了掩飾尷尬而話速愈來愈快。

「唔，這個嘛……」

「哪個？」

「可以說是我的獨門絕招吧。」

「絕招？」

舅舅揚起得意的笑容。

「我的嗓音。」

「嗓音？」

「沒錯，」舅舅點了頭。「我的嗓音很好聽吧？」

「是啊。」

舅舅的聲音確實很好聽，略微低沉，帶點沙啞，又透著幾分溫柔。我從小就覺得舅舅有著迷人的嗓音。媽媽也說過，你舅舅唯一的優點就是聲音好聽。

「其實我也不清楚自己的聲音究竟好不好聽，只是大家都說：和我交談時聽著我的聲音，不知不覺間就相信了我所說的每一句話。」

「是哦？」

「好像是吧。還有人說我的聲音很有說服力。」

或許真是如此吧。

即使是胡謅一通，從舅舅口中說出來的話聽起來就是有模有樣。不久前舅舅告訴我，「奧黛麗・赫本其實是日本混血兒，所以日本人才會那麼喜歡她的長相」，這段話唬得我一愣一愣的，險些信以為真。舅舅常以捉弄我當成生活中的樂趣。

「三峰里奈子小姐也是因為這樣才答應的？」

「也許吧。我也不清楚是不是這個原因。不吹牛，從來沒人拒絕過我的拜託！」

我覺得另一個相對的理由是，仁太舅舅同樣從未拒絕過任何人的請求。

「舅舅若是個騙子，一定可以騙倒眾生。」

「說得好！」

舅舅咧嘴一笑。

我們抵達三峰里奈子小姐位於東京都豐島區的公寓時已過午夜了。那是一棟平凡無奇、略顯老舊的二層樓公寓。我們躡著腳步，踏著戶外階梯走了上去。

舅舅剛說了句「這裡就是七號房了」，屋內的燈光隨即亮起，接著是卸下防盜鍊的聲響。

「敝姓圓藤。」

舅舅在門前低聲自我介紹，門扉緩緩開啟。

前來應門的是一個纖瘦的女子。

映入眼簾的這一幕，我不禁對自己腦中的刻板印象啞然失笑。原以為既然是當過公關小姐且年近三十的單親媽媽，前來應門的想必是個穿著連身睡衣、滿臉不耐煩且嘴角叼著菸的蕩婦，結果根本不是那麼回事。

那樣的想像實在太冒犯了。

因為站在我們面前的是一位清純聰慧的女士。

「請進。」

她退了一步，請我們進屋。雖然已近六月底了，今晚仍有些許冷意，此時的氣溫穿西裝正好不冷不熱。三峰里奈子小姐穿的是白襯衫外搭奶油色的薄罩衫，以及灰色的百褶長裙。應該不是居家服。從衣料上沒有皺褶看來，可以想見是特地換上外出服等候我們的造訪。由此看來，她是個循規蹈矩的人。

「深夜時分，打擾了。」

我們雙雙躬身致歉。舅舅的動作優雅有禮。這是我頭一回目睹他在咖啡館以外的地方進行社交拜訪，確實容易贏得好感。穿西裝的男士我見過太多了，但在舅舅身上就是不同，舉手投足無不流露出紳士風範。

對了，就和那位鼎鼎大名的聖伯一樣！

「我去沏個茶。」

「您別忙，是我們冒昧拜訪。」

進玄關後就是廚房，而那扇玻璃門的後方應該是客廳。從內部空間大小推測應該還有一個兩坪多的和室做為寢室之用。公寓的隔局就是老電影裡經常出現的那種形式。

我和舅舅在廚房的小餐桌前並肩而坐，靜靜地等候著三峰里奈子小姐為我們沏茶。遠方大馬路的車聲隱隱約約循著換氣風扇傳了進來。這股沉默令人精神緊繃幾近極限，忍不下去的人或許會放聲大叫。

沉默的舅舅只是望著里奈子小姐直挺的背脊。

「請問……」功力不如舅舅那般深厚的我，忍不住在里奈子小姐還在沏茶時就開口問了，「您女兒呢？」

明知道小朋友這個時間早該睡了，我還是問了個笨問題。里奈子小姐輕輕偏過頭，淺淺一笑。

「睡著了。多虧那孩子出生後睡覺前從來不哭不鬧的，睡得又熟，很好帶。」

「這樣啊。」

舅舅臉上始終掛著微笑。其實舅舅的嘴型平時就是上揚曲線的微笑唇。

「請用茶。」

兩杯茶分別端到我和舅舅的面前。印象中這是我第一次看到連同茶托一起奉上的茶水。

我立刻端起茶杯喝了一口，挺胸端坐的舅舅依然將雙手擱在腿上，緩緩開了口。

「從電話中就可以聽出您是一位講究規矩的女性。再次為我們無禮的造訪致上歉意。」

見到舅舅鞠躬，我也跟著低下頭。

「請別這麼說。」里奈子小姐輕聲慢道，「我心裡已有準備，遲早要面對這一天的到來。」

「妳的意思是，自從和駿一君共度一夜之後就做好準備了？」

臉上仍然掛著笑容的舅舅突然換成隨意的口吻喚她「妳」，而且問話直截了當。里奈子小姐似乎心頭一凜，隨之垂下視線，輕輕點了頭。

「您說得對——」

「等等！」里奈子小姐還要說些什麼，舅舅攔住了她的話。「妳完全不必向我們道歉。我和小望與駿一君並不熟識，妳和他的親密交誼與我們毫不相關。俗話說，擋人情路者會遭天打雷劈。……不客氣了。」

舅舅說著，端起茶喝了一口。

「真清香！」

是的，確實是清香好茶。

「這是玉露吧？」

玉露是什麼？

里奈子小姐點了頭。

「妳特地在家中備著名貴好茶，以備有貴客臨時造訪。恕我失禮，在儉樸的生活中，仍能保有這份款待之心，實在不容易。再恕我妄加推測，府上曾經生活富裕，後來家道中落，與妳小時候的生活形同天壤之別。說對了嗎？」

詫異的里奈子小姐瞪大了眼睛。

「您怎麼會……？」

「茶托。雖然舊了點，卻是上等的輪島漆器。至於茶杯，應該是李朝的酒器。若由專家估價，少說價值年輕上班族一個月的薪資吧？如此貴重的器皿，妳卻當成一般的日常用品。依我推測，這應該不是親自買的，而是把老家留下來的東西帶過來繼續使用吧？」

里奈子小姐雖然驚訝，卻沒有否認。我不由得盯著手中的茶杯看——這只小杯子值上好幾萬圓？

「里奈子小姐，不必吃驚。我是駿一君的鄰居，酷愛電影，而且超越了電影迷的境界，已經近乎神一般的存在了。」

神？

「電影是由一個個畫面連結打造出一個完美的世界。從小道具、布景到登場人物皆是如此。只要仔細鑽研劇中出現的每一項物品，就足以精通世上的一切美術與藝術。倘若更進一步，詳細探究所有登場人物的演技，單是從那人的長相即可通曉其人生的大半。過去的經歷會刻畫在一個人的臉上。辛苦的生活雖讓現在的妳變得有點憔悴，但是與生俱來以及後天涵養的品格絕不會從身上消失。妳的成長過程不僅享有令祖父母與令尊令堂的無比呵護，所居所用皆為一流的高級品，這一切陶冶出妳美好的素養與品德。……小望。」

「是。」

「你從剛才坐在這裡無事可做，一直看著里奈子小姐沏茶的過程吧？」

沒錯。

「看到了。」

「一舉手一投足都十分優雅吧？即使只是提起燒水壺的動作也很美，不是嗎？」

我回想了一下。

「的確很美。」

我老實說出心裡話。里奈子小姐露出有些害羞的微笑。

「您過譽了。」

「不，單從駿一君愛上妳的經過來推想，就知道理由是什麼了。……小望。」

「有！」

「稍早前是你第一次見到駿一君，他很年輕吧？」
「很年輕啊。」
「那個年紀的男生愛上一個女人的話，忍得住嗎？」
我明白了舅舅想問什麼，或者說，他想要我講的是什麼。
「舅舅的意思是，如果里奈子小姐是個輕佻的女人——啊，對不起——若是那種女性的話，他早就餓虎撲羊了？」
「正是。然而，那麼年輕的男生卻思考該如何慢慢縮短和妳之間的距離。這不光是因為妳的年齡比他大，也不是因為妳有小孩。駿一君家裡畢竟是做生意的，從他懂事以來就天天觀摩父母如何接待顧客，換句話說，他在無形中學習到待人接物之道。駿一君察覺到，想要接近妳這樣的女性，就必須付出真心誠意，按部就班，慢慢靠近。」
里奈子小姐漂亮的嘴脣緊緊抿成一條線，看著仁太舅舅說完這番話。接著，她輕輕吐氣。
「當初只覺得他是個好青年。」她緩緩說道，「只從鍋子落地的聲音就察覺有異並且立刻伸出援手，這樣善良的男孩讓我感動又感謝，所以心想得好好答謝人家才行。」
「妳的用意是讓這個時代難得一見的好青年日後不吝伸出援手，願意繼續行善，對吧？所以沒有致贈庸俗的謝禮而是真誠的感謝，相當於對駿一君的價值觀亦給予正面的肯定。」

里奈子小姐點點頭。這就是所謂的善有善報、讓愛傳出去。上回看某部電影時舅舅好像提過這一點。

「所以，妳也依循禮節予以答謝。首先是透過住在隔壁的日高君，也就是駿一君之所以來到這棟公寓的理由，邀請兩人共進晚餐。既然是打工賺錢的學生，況且總不好沒有一併向鄰居日高君道謝，與其送禮物，不如請一頓飯更為恰當。假如單獨邀一個年輕男生在家吃飯，雖說小孩也在場，還是擔心會惹人閒話；若是和鄰居結伴前來，再加上小孩一起吃晚飯，就只是鄰居間的禮尚往來。如此溫馨的晚餐，就算被人知道了，只要解釋一下就不會招致誤解了。」

里奈子小姐縝密的心思實在令人佩服。但更令人欽佩的是，僅由對方簡單的描述就能如此精確推論的仁太舅舅。

里奈子小姐點頭證實舅舅的臆測，臉上難掩驚訝的神情。

「里奈子小姐。」

「您請說。」

「到這裡為止沒有任何問題。況且我們今晚造訪的目的並非質問，而是確認。」

「確認？」

神色自若的舅舅緩緩點著頭，於落坐之後首度變換姿勢，上身向前微傾，兩肘支於桌面，十指互扣。

他直視里奈子小姐。此時的她宛如一隻被狩獵的小兔子，一動也不敢動地回望著舅舅。

「妳是個理智且明辨是非的成熟女性，卻接受了駿一君的一片痴情。而且不僅接受了他的情意，甚至以身相許。我今天來是想弄清楚妳真正的想法，可惜並非一時半刻就能明確洞悉，只能聽妳本人親口表明了。……里奈子小姐。」

「您請說。」

「駿一君告訴我，他想和妳結婚。」

里奈子小姐杏眼圓睜，雙脣緊抿。

「他想成為令嬡小杏的父親，給妳幸福。區區二十一歲的小伙子，還是個學生，居然如此不自量力。妳打算如何回應呢？」

仁太舅舅說完，鬆開交扣的手指，緩慢地往後倚向了椅背。

「我很抱歉。」

「剛才解釋過了，我們和駿一君非親非故，妳既沒有道理也沒有必要向我們道歉。我們只是來問一問妳的想法。」

里奈子小姐顯然不知如何是好。這也難怪。換成是我，同樣不曉得該說什麼才好。

「我對駿一君……」

猶豫了半晌，里奈子小姐咬咬唇，終於開口了。

「說吧。」

「……感到非常抱歉。我錯了。」

「妳覺得錯在自己？後悔委身於他了？」

里奈子小姐頓了頓，輕輕搖了頭。

「我不後悔。」

「這麼說，妳並不是因為長久以來缺男人、總算騙到一個涉世未深的男孩，而是愛上駿一君這個男人才和他共度一夜的吧？這是妳真正的心意吧？」

至此，我終於明白舅舅這次拜訪的目的了。他表面上說為了給駿一建議而必須先了解里奈子小姐的人品，這只是理由之一，他真正想確認的是……她的真心。

人會隱藏真心，不說真話。

並且年紀愈大愈有這樣的傾向——將自己的真心隱藏在場面話、理性判斷、常識和心計的背後，頂著一張八面玲瓏的臉孔在社會上昂首闊步。

早晨思考清晰，夜晚盡吐心聲。舅舅這樣告訴過我。

里奈子小姐眼神堅定地看著舅舅。

「我將駿一君視為一個男人並且喜歡上他，也願意接受他的心意。」

「好！」舅舅咧嘴而笑，啪的一聲，朝自己的大腿拍了一記。「我聽得一清二楚，也感受到這是妳真正的想法了。妳同樣愛上了駿一君，所以決定坦白面對自己的心意，以身相許。我說得沒錯吧？」

里奈子小姐慢慢地點了頭。

「聽到這些就夠了。叨擾了。」

「啊？」

「啊什麼啊？」

「這些……就夠啦？」

這回換成舅舅睜大了眼睛。

「這些不夠，還要什麼嗎？如果有別的事想知道，換你自己去問呀。里奈子小姐願意向深夜唐突拜訪的我們吐露真心，也就表示毫無隱瞞了。您說是不是？」

舅舅恢復了平時較為客氣的口吻。溫暖的笑容加上好聽的嗓音，足以撬開任何人的心房。

「我想請問……」

「請說。」

我這個非親非故的人其實沒有資格問這件事，但就是很想知道。

「假如駿一君求婚，您打算怎麼做？您應該明白，他是認真的吧？」

從臉上的表情看得出來，里奈子小姐又猶豫了。由此可見她依然舉棋不定。

「……我打算婉拒。」

「婉拒？」

里奈子小姐點了頭。或許是燈光昏暗的緣故，她的眼睛看起來有些濕潤。

「您或許覺得我沒有資格說這句話，但結婚畢竟是人生大事，我不能把這副重擔壓在還在讀書的駿一君身上。」

我看向舅舅，他點頭稱許。

「非常正確的判斷！您果真是個好女人。好，我們該告辭了。」舅舅隨即起身。「里奈子小姐……」

「是。」

「接下來，無論駿一君提出什麼樣的請求，都請答應他吧。噢，我不是讓您答應他的求婚，只是照常和他約會，也就是和過去一樣相處。請答應我這件事就好。」

我自然知道仁太舅舅接受不少人前來「夜間諮商」。從我搬回這裡以後，已經遇過很多人三更半夜來到奈特咖啡館，把超大螢幕電視機播放的電影臺詞配樂當成背景音樂，和仁太舅舅商量事情。

不過，絕大部分的來客只是向舅舅發發牢騷、問問意見，然後就心滿意足地回家去了；但是，這次不一樣，舅舅是認真想幫駿一解決這個難題。

電車已經停駛了，我們只好搭計程車回去。舅舅數落自己沒事當什麼散財童子，提前下了車，又足足走上一個鐘頭才到了家。大概是因為身上的錢都花光了。

「那……接下來該怎麼辦？」

時間還不到凌晨兩點，清晨才打烊的奈特咖啡館繼續營業。儘管時不時會像這樣暫時關門一段時間，但誰也不在意。我沖了咖啡，把馬克杯遞給舅舅時問了他。

「嗯。」舅舅點點頭。「還能怎麼辦呢？」

「不至於一點辦法都沒有吧？總該幫幫他們兩個呀！」

仁太舅舅苦笑了。

「接下來得靠他們自己了。小望，你今天先睡吧，明天早點起床去『本玉』吃午餐，下午一點三十分左右。」

「去本玉吃中飯？」

位於二丁目與三丁目街口轉角的「本玉烏龍麵店」。對面就是商店三大店花的候補之一——芽依工作的韮山花坊。

「要我去本玉做什麼？」

「轟乾洗店的老闆娘邦子太太經常在那裡吃午飯。夫妻倆輪流出來用餐。」

原來如此。

「然後呢？」

「乾洗店的公休日是隔週的星期四，今天是星期三，也就是公休日的前一天。」

「對。」

「公休日當天通常排了很多事務待辦，但至少前一晚可以好好放鬆一下。你去邀請他們來奈特咖啡館看場舒舒服服的電影。」

看電影？

舅舅臉上浮現得意的笑容。

「我知道邦子太太很喜歡看電影，可惜生活忙碌，根本沒空去電影院。我們這裡什麼電影都有，相信一定有她想重溫舊夢的作品，不妨請老闆陪著太太一起來看場電影，享受香醇的咖啡。」

「由我出面邀請？」

我和他們之前的接觸頂多是送洗襯衫，還有在商店街上遇到時互相道好而已。舅舅點頭表示知道我的疑慮。

「你就這樣說吧：『仁太舅舅請您們務必賞光』，還有，『舅舅交代，請駿一君一起來』。」

令人意外的是，邦子太太竟然爽快地允諾「我們會去的」。

這位轟乾洗店的老闆娘起初聽到邀約時滿臉問號，直到我一邊吃美味的烏龍麵一邊補充「仁太舅舅讓我帶話」之後，她想了想便說「好，我們會去的」。

我向往常於午後三點左右穿上簡便和服下樓來的舅舅報告後，他滿意地笑著點頭。

「舅舅原本就有把握他們會答應？」

「大概吧。」

「為什麼？」

「這個嘛……」舅舅先是雙手抱胸，然後右手從衣兜抽出來抵著下顎。

「你覺得駿一像是個說起謊來面不改色的人嗎？兒子和一個住在遠處的姐姐談戀愛，還到她家過夜並且獻上初夜。你想想，住在一起的母親可能渾然不覺嗎？」

「啊！」

對喔……。

「邦子太太早就察覺兒子交了女朋友，但不曉得什麼緣故，就是不肯讓爸媽知道。」

「你說對了。身為母親，總不方便對年過二十的兒子的戀情多加過問。恰巧這時我突然提議『要不要和兒子一起來看電影呢？』她馬上聯想到這件事一定和兒子的女友有關。」

真佩服我這位親舅舅不同凡響的洞察力。

「邦子太太還說了，很想吃甜甜的蛋糕呢。」

「想吃蛋糕？你會做嗎？」

「還可以。」

「那就拜託了。對了，當天有小朋友，蛋糕裡可別摻白蘭地喔！記得做原味的，而且要保證好吃。」

小朋友？

「舅舅，您該不會打算請里奈子小姐和小杏一起來吧？」

「這還用問？你現在才想到？不過，出面邀請的人不是我。」

舅舅猛然朝我豎起了右手的大拇指。不懂他為什麼突然對我比讚。

「而是由駿一去問里奈子小姐願不願意和他的家人一起看電影。」

結果，雀屏中選的是《羅馬假期》。

邦子太太請我們準備的是這部電影。《羅馬假期》是一部名作，連沒看過的我都知道是奧黛麗・赫本主演的。我問了邦子太太，「對這部電影是不是有什麼特別的回憶？」她說，婚前和轟太郎先生去東京約會時看過這部片。舅舅聽了，滿意地點了頭。

星期三晚間八點左右。晚餐時間過後，陸續推開奈特咖啡館這扇貼著公告「今晚包場」的大門的是轟氏夫婦，還有稍早前抵達的三峰里奈子小姐、小杏以及駿一。

那臺超大螢幕電視機是靠著店內正中央的那道牆擺置，前方放著好幾張老派但舒適的布沙發和扶手椅。

微暗的燈光下，轟氏夫婦坐在三人座的大沙發上，旁邊那張兩人座沙發坐著里奈子小姐和小杏，對側的扶手椅則是駿一君。

仁太舅舅居中介紹雙方。他用「駿一君受到人家不少照顧」的隱晦描述來介紹里奈子小姐。在場的每一個人都可以感受到一股微妙的氣氛。

我負責送上咖啡和蛋糕，給可愛的小杏妹妹的當然是果汁。她一開始有點緊張，看到蛋糕立刻綻開笑容，有禮貌地合起小手掌說聲「謝謝」。

見到這一幕，轟氏夫婦也露出了微笑。

奇妙的氣氛，隨著電影的播映一掃而空。大家都專心觀賞電影。黑白畫面中，美麗動人的奧黛麗．赫本散發著俏皮的魅力。原本擔心小杏沒多久就坐不住了，所幸她不知不覺間睡著了。

就這樣，我們看完了《羅馬假期》。恢復公主身分的赫本簡直美若天仙。

「駿一君。」

「是。」

電影一播完，舅舅馬上從頭重播，調低音量，開口問道：

「你知道這部電影的公主和記者之間是什麼樣的愛情嗎？」

駿一歪著頭想了想。

「門戶不相當的愛情？」

「對！」舅舅讚許地點了頭，鬆開了揣在胸前的雙手。「那個時代的人們，對那樣的愛情依然懷有憧憬。」

「憧憬？」

「浪漫，真真實實的浪漫。雖然是苦戀，卻蘊含著憧憬和浪漫，如果拿到這個時代上映，說不定會被歸類為奇幻電影呢。然而如今，愛情已不再受到身分和國境的限制，連君王都可以迎娶平民女子了。轟老闆，您說對吧？」

突如其來的提問使得轟老闆有些驚慌，隨即點頭同意。

「是啊。」

他雖點著頭，但表情有些不自在。答完以後，先是瞥了瞥電視螢幕，又朝店裡左張右望的，顯然有些坐立不安。

看來，轟老闆也知道這件事了。

證據就是轟老闆的視線刻意避開里奈子小姐的方向。邦子太太倒是慈祥地看著倚在里奈子小姐身上睡得十分香甜的小杏，面露微笑，伸手輕輕撫了撫她的頭。

「這孩子和媽媽長得真像，長大後一定也很漂亮。」

嘴角微揚的邦子太太為免吵醒小杏而壓低了聲音，對里奈子小姐說。

里奈子小姐微笑著低頭致謝。

「謝謝您的稱讚。」

這時，轟老闆也望向小杏，接著將視線移到里奈子小姐的臉上。

「呃……是三峰小姐吧？」

「是。」

轟老闆輕咳一聲。

「那個……聽說……」

「您請說。」

「……妳在便當店工作？」

「是的。」

「這麼說，工作一定很忙吧？是不是都配合女兒放學的時間下班呢？」

舅舅緩緩起身，朝我揚了揚下巴。我猜他的意思是要我隨他走，於是也跟著站了起來。

舅舅朝邦子太太將右手食指和中指舉到嘴前比了個手勢，意思是去抽根菸，隨即上了二樓。邦子太太會意地微笑，輕輕點了頭。

我們將持續交談的轟老闆、里奈子小姐以及邦子太太留在原處，逕自上了樓。舅舅從懷裡掏出菸，點了一支。

雖然聽不清楚字句，但可以感覺到樓下交談甚歡。

舅舅步向窗邊，推開一道縫，菸氣隨之飄向窗外。花開小路商店街入夜後罕見人跡，連主街亦是如此。有時路上只見野貓兩三隻，以及斷斷續續傳來的歌聲。

今天也是這樣的一個夜晚。

在一丁目的赤坂食堂前面唱歌的業餘音樂人——三毛小姐的歌聲隱約傳來。

「三毛貓又在唱歌嘍！」

「留他們單獨在樓下，不會有事吧？」

我問舅舅。他聳聳肩，呼出一口菸氣。

「會有什麼事呢？他們不是已經開始了嗎？」

「開始了？」

「是啊。」舅舅說著，咧嘴一笑。「兩個家庭之間的交流，這不是開始了嗎？」

「說得也是。」

「多管閒事的鄰居能幫的忙有限。之前不是說過了嗎？我能夠做的，頂多是打造一艘渡河的舢板罷了。你不覺得，這艘舢板已經將他們送到對岸了嗎？」

舢板。阻隔於男人與女人之間的河川上的舢板。那條河川也同樣阻隔於兩個家庭之間。

「轟老闆的家庭，同樣是由男人和女人組成的。」

「沒錯。說穿了，父母和兒子也不過是男人和女人，感受和想法都不一樣。不過這一刻，他們在這裡都搭上同一艘舢板了。」

「兩個家庭搭上同一艘舢板……」

「對極了！」舅舅說著，露出了滿意的笑容。「接下來，只要在一旁守候就好。等到有人呼喚再過去看看。若是向我們索討長竿就遞一支過去，要我們幫忙在兩岸間搭起一座橋就協助施工。旁人能做的，僅僅是這些了。」

舅舅又補了一句，「而這樣也就夠了」。

叮噹。掛在門上的鈴聲響起。

下午三點半。我買完菜回來，正在為當晚的營業備料。

「歡迎光臨！」

進門的是權藤先生和小淳刑警，也就是兩位刑警先生。

「嘿，只有小老闆在啊？」

「是的。」

不曉得為什麼，權藤先生總是喚我小老闆。

「我還帶了一個小老闆來哩！」

小淳刑警不由得苦笑起來。

「權藤兄，您怎麼見人就稱小老闆啊？」

按照權藤先生的想法，小淳刑警是赤坂食堂的孫兒，所以理所當然是小老闆。兩人在櫃臺前並肩坐了下來。他們不曾在這個時段造訪，或許今天剛好同樣排到輪休。

「兩位今天都輪休嗎？」

「是啊，我出門處理一些瑣事，辦完已經過了吃飯時間，就到赤坂食堂填飽肚子，恰巧發現赤坂待在家裡沒事幹，乾脆一起帶來這裡了。可以給兩杯咖啡嗎？」

「好的。」

權藤先生和舅舅的年紀應該差不多，但我不清楚他們是否相熟。聽說權藤先生住的地方和花開小路商店街有一段距離，只是因為赤坂食堂的套餐十分合胃口，早在小淳刑警搬回這裡之前，只要抽得出時間，每星期至少上門用餐三次。

「權藤先生是這裡的常客嗎？」

我邊煮咖啡邊問，小淳刑警看向權藤先生。

「我也想知道。」

「對喔，你也算是搬來這裡不久的人。」

是的。小淳刑警和辰爺爺與梅奶奶一起住在赤坂食堂直到上中學時才搬走，大約兩年前成為刑警之後被分派到這裡的轄區，於是回到奶奶家住了。

所以，小淳刑警雖然知道奈特咖啡館改由仁太舅舅接手經營了，但是在回到商店街之前不曾踏進這裡。

「這個嘛，與其說是常客呢……」權藤先生聳聳肩。「幾年前聽說仁太那小子回到日本以後在這裡住下來還開店了，於是來瞧瞧他生意做得怎麼樣，之後就時不時來坐一坐了。」

這麼說……。

「您和舅舅已經相識多年了嗎？」

「怎麼，你真的什麼都不曉得啊？」

我老實地點了頭，遞出杯子。

「兩位的咖啡好了，請慢用。」

「嘿，謝啦！」

「謝謝。」

權藤先生和小淳刑警同時端起馬克杯喝了一口。權藤先生發出滿意的嘆息，點了菸。

「簡單說，我和那小子是高中的學長學弟。」

「是喔，原來是這麼回事。」

小淳刑警說。原來他們兩人有這層關係。從舅舅稱他權藤兄來看，權藤先生應該是學長。

咦，等等……。

「可是我記得舅舅剛上高中不久就辦理退學了？」

「是啊。」

權藤先生笑了笑，只回了這兩個字。

「但是舅舅一回到日本就馬上和您聯絡，他和您那麼熟嗎？」

我只是隨口多問一句，卻見權藤先生嘴角一抿，朝我投來一個諱莫如深的眼神。

難道我問了不該問的話？

「真是的！」

「怎麼了嗎？」

「圓藤家的遺傳因子就是從不放過任何雞毛蒜皮的細節嗎？」

有嗎？我不覺得。權藤先生無奈地笑了。

「算了，反正仁太那傢伙沒事不會叨叨絮絮自己的過去。」

「您說得對。」

我雖是外甥，但對於仁太舅舅的過去卻一無所知。高中退學的事也是從媽媽那裡聽來的。

權藤先生喝了一口咖啡，接著說：

「那小子和我不是在讀高中時變熟的。我們當時根本不知道彼此在同一所學校裡上課。」

「這麼說，您們認識的地方不是高中，而是在其他地方了？」

小淳刑警反問。

「這個嘛……」權藤先生輕嘆一聲，望向窗外。「只是讓你們知道地點，應該無所謂吧。」

只是？

「在紐約。」

「什麼？」

紐約？

三　紐約，紐約（New York, New York）

或許只是件微不足道的小事，自從我辭去工作回到花開小路商店街之後，才開始感受到四季的嬗遞。

立鐘敲了四點半的鐘響。六月的尾聲，梅雨暫歇的晴日傍晚，橙黃色的空氣中透著微微的潮濕，感覺真舒服。

我把這種感受告訴一如往常來這裡享受午茶時光的美代，只見她略顯訝異地盯著我。

「幹嘛？」

「你呀，」雙手捧著一杯可可的美代，噗嗤一笑。「……上了年紀囉！」

「什麼上了年紀！我才二十四耶？忘了我們是同學嗎？」

「一樣啊，我最近也時常讚嘆季節的變化了。」

「是哦？」

美代點頭表示有同感。

「有人告訴我，當身體發育完全成熟之後，接下來只會漸漸變老，而內心為了要彌補那部分的失落，所以才會有這樣的感受。」

「聽誰說的？」

「聖伯。他說，人類的生理機能在二十歲左右已經完備，後續的人生，肉體唯有不斷衰老；但是相對地，人類的精神狀態、心理功能將會變得更為強大，足以從容地感受到季節變化了。」

「有道理。」

我點點頭。這個理論聽起來很符合邏輯。

「聖伯今年幾歲了？」

我問美代。她偏著頭想了想。

「不知道正確的年齡耶。我猜七十幾吧。」

花開小路商店街上的地標就屬那三座雕像了，亦即坐落於一丁目的〈苦惱的戰士〉、二丁目的〈古戎的五對翅膀〉以及三丁目的〈海將軍〉。此外，這條街上還有許多藝術品，包括掛於各處的畫作，甚至是鑲嵌於路面的動畫原版賽璐珞片。不過，自從回到這裡和不少人聊過以後，我認為聖伯才是這條商店街上最具象徵意義的人物。

「記得上小學時他常常教我們英文。」

「沒錯沒錯！古有街頭說法講道，今有街頭英語教室！」

美代欣喜地笑著附和。

那個時候，商店街上已經空出了不少店面，其中一間挪為我們的遊戲室。室內鋪有地毯，讓放學後的小朋友們在那裡自由自在玩耍休息。大家湊在一塊看看漫畫、打打電玩、喝喝果汁，是一段充滿歡樂的回憶。

聖伯經常翩然來到遊戲室，教我們英文。其實聖伯本身開設一家收學費的英文家教班。為了讓沒有參加家教班的小朋友也能對英文產生興趣，他因而時不時專程去那裡義務教學。

可惜我後來在口語方面依然不夠流利，不過中學和高中時代的英文成績倒是挺好的。或許該感謝聖伯的街頭英語教室為我打下良好的基礎。

「當時那間遊戲室是怎麼來的？」

「自治會決定的呀。反正店面空著也是空著，不如把閒置空間善加運用。我們那時剛好是商店街上的小學生最多的時期。」

「喔，原來如此。」

回想起來似乎確實是那樣的。我讀小學的時候，這條花開小路商店街有好多同校的同學。

「現在呢？」

美代想了一下。

「好像沒有那麼多小孩了吧。雖然不是百分百確定，印象中住在商店街上的小學生大概有五、六個吧。」

「我也覺得是這個數目。」

商店街是由許多家個體商店聚集而成的。近來景氣雖有稍微復甦的跡象，但除非周邊的住戶增多，否則商店街難以拓展客源。雪上加霜的是，如果沒有人願意接手，店鋪唯有走向凋零一途。

「雖然店鋪的新舊交替，亦即商圈內部的新陳代謝是不可或缺的，但是盡可能保留更多由第二代、第三代永續經營的老店也同樣重要。」美代接著說，「克己和北斗，還有弘樹學長也常常談起這個話題。畢竟繼承人的問題屬於家務事，外人不便干預，但還是得盡量想辦法從旁協助，讓老店順利交棒到下一代的手裡。」

「這樣啊。」

我也這麼認為。個體商店的繼承問題儘管是家務事，卻也必須站在商店街的整體角度予以考量，否則將會影響到商圈本身的形象。

「這麼說，妳未來就是國元樂坊的第二代老闆嘍？」

我只是隨口問問，美代也只輕輕點頭回應而已。不過，我似乎瞥見她臉上掠過一抹陰霾，只是下一秒就消失了。

「問題很多？」

聽我這麼一問，美代笑得有些無奈。

「抱歉，我沒管好自己的表情嗎？」

「有一點。」

「唉，一言難盡。CD販售的前途一片慘澹，而樂器銷售又不得不為顧客咬牙硬撐。」

「嗯。」

除了點頭，我不知道能說什麼。CD和DVD的滯銷狀況，連平常不問世事的我都很清楚。不過，國元樂坊是這附近唯一一家樂器行，常有參加中學或高中管樂團的學生需要購置或送修。如果這家店消失了，必定會給許多人帶來不便。對於把商店經營視為人生大事的人們，目前依然抱著輕鬆兼職心態的我，哪裡有資格指手畫腳的呢。

「……結婚。」

美代的笑容有些苦澀。

「結婚？」

「這陣子我爸媽老是有意無意提起這個話題，問我怎麼還沒交到男朋友呢？」

我懂了。

「尤其他們眼睜睜看著同一條商店街上和自家女兒同一屆的克己和北斗，更是著急。」

「這也難怪。」

克己的太太是聖伯的女兒亞彌姐，而北斗的未婚妻奈緒則是柏克萊餐廳柴田老闆的女兒。

「不光這兩對，還有韮山花坊的小柊學長和『La Française 法式餐館』的美海結婚了，花乃子姐也結婚了，雖然夫家不在商店街上。總之，花開小路商店街上這幾年喜事連連，你說是不是？」

美代說得沒錯。這些事都是在我回到這裡不久前發生的，雖然不清楚詳細的始末，但商店街確實陸續誕生了幾對情侶和夫妻，而且這樣的喜事並不少，或者應該說相當多。小柊學長和美海完成婚禮之後，還去好幾家店舉行了第二輪、第三輪……的婚宴派對。因此，街坊鄰居無不興致勃勃地討論下一對誕生的情侶會是誰。

其中，睽違多年重返故鄉的我，似乎也被列為熱門人選之一。真想求求大家放我一馬啊。

「妳被大家拿去和『名取皮鞋店』的弘樹學長湊成一對，是吧？」

又急又氣的美代猛搖手。

「就是說嘛！簡直煩死人了，我已經拜託大家別老是在商店街裡亂點鴛鴦譜了。互相都是熟人，天天抬頭不見低頭見，窘得要命。」

「的確。所以，妳現在沒有男朋友？」

美代肯定地用力點了頭。

「沒有。你呢？」

「我？」

「對呀。」美代促狹一笑。「沒女朋友嗎？」

我之前已經決定了。

就在打定主意留在奈特咖啡館和仁太舅舅住上一陣子的時候，做了決定。萬一有親朋好友問起這個話題時，我會坦白回答。

是舅舅忠於自我的生活態度帶給我的啟發。萬一因而造成身邊人們的尷尬，也只好接受了。我們這些同志目前仍屬於少數族群，必須做足心理準備，出櫃的那一刻勢必失去一些朋友。我決定坦誠面對，不再逃避。

所以，我說了。面帶燦爛笑容地說了。

「老實說……」

「嗯？」

「我是同志。」

美代略顯吃驚地張著嘴看我。

「不好意思，讓妳尷尬了。不過——」

「一點也不尷尬！」美代急著打斷我的話，並且輕搖了頭。「不必道歉，這是很正常的，一點也不奇怪。就連仁太先生也自稱是同志嘛，對不對？」

「呃，那個……」

舅舅一派悠閒地出了門，到現在還沒回來。美代和仁太舅舅也很熟，早在我搬回這裡之前就常來租電影、看電影的，可以說是舅舅從小看到大的女孩。

「以我個人的看法，舅舅不是同志。」

「啊？」訝異的美代不禁輕呼一聲。「是哦？你看得出來？」

「大致上可以感覺得到。只是我自己的感覺，沒有經過確認，也不打算求證。舅舅會這麼說，想必有他的用意。」

「用意……？」美代側著頭思索。「會是什麼樣的用意呢？」

很遺憾，我也不知道。

「或許是因為極度排斥女人，故意拿這個理由當擋箭牌。」

「擋箭牌……」

美代皺起眉頭，低聲複誦了這個字眼。

「不能排除這種可能性吧？畢竟舅舅很有女人緣，只要像這樣公開宣示自己是同志，就可以避免異性別有用意的接近了。」

「那，那個結衣又該怎麼解釋呢？」

「那個哦……」

百思不得其解的我只能歪著腦袋瓜想。到目前為止，我們只知道那個名叫澀澤結衣的女孩是名門女校榛學園女子短期大學部的學生，除此以外沒有進一步的資料，問了舅舅也只用「一言難盡」這句話敷衍我。

美代又喝了一口可可，瞥了手錶一眼。

「我可以再問一下嗎？你是幾歲左右發覺自己……呃，喜歡的是男生？這樣問會不會沒禮貌？」

「不會沒禮貌啊，是我主動坦白的。有明確的自覺是在中學時期。上小學時只覺得比起和女生一起玩，和男生在一起好像比較開心。不過，畢竟是那個時候嘛，對吧？」

美代微笑著點頭。

「小時候大家都是那樣的。我們同樣有一段時期超討厭男生的！」

我也這麼認為。任憑時代如何變化，有些事仍然不會改變。

「記得是在中學一年級的冬天吧。」

那一幕，至今依然歷歷在目。

「他是我籃球隊的同學。兩人雖不同班，但臭氣相投，常混在一起。既然是體育社團，免不了肢體上的接觸與碰撞，換衣服時也都是脫光光的，對吧？」

「是呀。」

「某一天，我發現自己看到他時心頭怦怦跳個不停，正當我懷疑自己難道……突然有一股難以抑遏的情感猛然迸發，像是全身的細胞瞬間在體內膨脹與擴散……啊，這下錯不了了！」

「擴散？」

美代瞇起眼睛思索。

「或許這個譬喻並不完全貼切，有點像是我們看電影受到感動時的那種情感會在身體裡面蔓延開來，對吧？就是突然湧上那種感覺並且在我體內朝四面八方擴散，那一刻，我明白了『我喜歡他，我喜歡男生』。」

「當時不覺得驚慌嗎？我的意思是，那個時代還有所謂的社會常識或刻板印象——男人應該喜歡女人、女人應該喜歡男人之類的？」

「妳說得對。」

當然有過。從小說到動漫，有男主角就有女主角，男女成雙成對出現是當時的常識。

「與其說是驚慌，其實更多的是煩惱。」

若要詳述細節恐怕說來話長，總之後來想通了，就算煩惱也無濟於事。況且現在有不少名人和藝人也都大大方方地自稱是同性戀、男大姐或同志，這些人帶給了我很大的力量。

「以我的狀況而言，只要自己不說，誰也不會知道。一來我沒有穿女裝的欲望，也並不想改變體徵成為女性，只不過喜歡的性別是男人而已。」

我不是型男，也不至於是醜男，只是個身材還算高䠷的平凡青年。若能妥善地隱瞞性向，完全可以融入一般的社會生活之中。

之所以無法繼續過那樣的日子，原因在於我的主管，不過那是後話了。

「無論對象是男人或是女人，在戀愛的這條路上難免會跌跌撞撞的，不是嗎？所以，我並不會把愛情還無法開花結果的理由歸因於自己是同志，也不會因為這樣而沮喪。」

「懂了。」美代點點頭。「你讓媽媽知道了嗎？」

「還沒。目前只有克己和北斗知道而已，也還沒告訴舅舅，所以妳先別到處宣傳喔！」

「嗯。」美代點頭答應之後，忽然露出了淘氣的笑容。「你告訴我這些，該不會是因為有人提到我同樣單身，勸過你快點追求我吧？」

我苦笑了。被美代猜中了。

「沒有啦，我沒那麼自戀當自己是萬人迷，只是擔心要是妳在大家起鬨敲邊鼓之下有點心動，到時候害妳失望就不好了。」

「這個你大可放心……呃，這樣講好像有點對不起你喔……總之放心就是了！」

美代調皮地吐了吐舌頭。那個動作和小學時一模一樣。

「你是我的同學，也是很重要的朋友。欸，先跟你講喔。」

「嗯？」

「如果有些那方面的事想講給女生朋友聽，儘管隨時找我，知道嗎？有任何想商量的就來找我，用不著顧慮。」

「謝嘍！」

太好了，真的太好了！這樣又解除了一項壓力來源。實在不是我要往自己臉上貼金，因為連舅舅都說，自從我回到這裡以後，美代幾乎天天到奈特咖啡館報到，所以我才擔心她該不會是⋯⋯。

雙方能夠把這件事說開來，真的太好了。

「對了，我想問另一件事。」

「嗯？」

「妳聽說過仁太舅舅以前去過紐約嗎？」

美代的眼睛瞪大了些。

「紐約？完全沒聽過。誰說的？」

「權藤先生。」

「權藤先生？」

「就是小淳刑警的同事嘛，常去赤坂食堂的那一位。」

「哦──！」美代輕拍了一下櫃臺。「原來是那位。他說仁太先生去過紐約？」

「對。那妳知道他們兩個是高中的學長學弟嗎？」

眼睛再一次變得又圓又大的美代搖搖頭。

「同樣沒聽說過。這樣哦，那他們很熟嗎？」

「不熟，讀高中時根本不知道彼此是同校的學生，好像是在紐約才認識變熟的。」

「在紐約變熟的……聽起來有點酷耶。權藤先生為什麼會去紐約呢？」

「他不肯告訴我。」

當時權藤先生只笑著說是祕密。後來我傳訊息問了媽媽，可惜媽媽也不清楚仁太舅舅流浪期間發生過什麼事，只知道他去過美國、歐洲和亞洲各地，可以說是走遍了世界各地。

「然後又問了仁太先生，他也不肯說吧？」

「對。」

舅舅只咧嘴一笑，說了句：「祕密可是男人的魅力，你也盡量累積吧！」

美代點點頭，雙手緩緩地在胸前交叉。

「的確，仁太先生就是這樣，願意花好幾個鐘頭聽別人傾訴，可是自己的事卻一個字也不肯透露。」

深夜十一點過後。

剛離開咖啡館的岡村先生稍早前和舅舅興高采烈地暢聊了好幾個鐘頭的日本怪獸電影，臨走前還滿面喜色地租了我沒聽過也沒看過的怪獸題材老電影《科學怪人的怪獸　山達對蓋拉》，包括海外版的VHS錄影帶以及幾年前發行的藍光光碟。

岡村先生是某家公司的老闆。奈特咖啡館在出租VHS錄影帶時，尤其是珍貴的版本，必須先核實租借人的身分資料，並且收取保證金。沒想到世上真有不少瘋狂的電影迷心甘情願地接受這項嚴格的規定。老實說，這個時代家裡居然還有能夠正常運作的VHS播放器，光是這一點就值得我們肅然起敬了。

「好了，」舅舅望著時鐘說，「今晚的第一部要看什麼呢？給你挑吧。」

又是一個奈特咖啡館的漫漫長夜。沒有顧客上門時，我和舅舅通常隨興挑選各自想看的電影，我今天刻意選了一個發生在紐約的故事。這部《第六感生死戀》我沒看過，只知道當年超級賣座。

「嘿！」舅舅臉上堆起笑容。「挑了這麼甜蜜蜜的片子？那，今晚得喝波本才配得上囉。」

「為什麼要喝波本？」

「波本不是甜口的嗎？我認為最適合推薦給年輕人做為威士忌入門了。」

原來如此。我平常也喝酒，但確實很少品嚐威士忌。不過，現在算是工作時間，我不會掃舅舅的酒興，然而自己只會淺嚐即止。

電影開始播映，舅舅和我都專心盯著螢幕，不再閒聊。仁太舅舅的特長之一是無論那支影片看過多少遍，每一次觀賞總是津津有味。

對此，舅舅的解釋是，「所謂電影看膩了是因為光看故事情節而已。若是仔細觀察每一個鏡頭裡面的所有人事物，即便看了幾百次依然會有新發現」。

他又補充說明，以上理論僅適用於精彩佳片，那種空洞無物的電影看過一遍也就夠了。

「這部片的看點是什麼？」

我趁著還在播片頭的時候趕緊問。

「第一次看時只要欣賞可愛的黛咪・摩爾，以及後來登場的喜劇女星琥碧・戈柏飾演靈媒大媽的出色演技即可。」

「ＯＫ！」

遵命。只要依照舅舅指示的觀影重點，每次重看的確都能有驚喜發現。兩人舒適地倚著沙發，專注於畫面。正當我讚嘆於黛咪・摩爾的可愛，突然感覺到一陣異樣的動靜。

回頭一看，一個小孩站在眼前。

「啊？」

我不禁心頭一驚。萬一現在看的是恐怖電影，驚嚇程度大概會更多一點……不，是嚇得屁滾尿流吧。

「咦？」舅舅也發現了，開口問道，「小妹妹叫做留依吧？」

小女孩點了頭。

原來是舅舅認識的小女孩。不知道從什麼時候起，這個身穿全套灰色休閒服、名字是留依的小女孩，怯懦懦地站在了我們背後。想必她是悄悄推開店門的，所以我們才沒有發覺。

一個小女孩為什麼會在深夜來到這種地方？

「留依乖，過來這裡，坐在叔叔旁邊，我們一起看電影喔。」

留依又輕輕地點了頭，踩著小碎步來到了仁太舅舅身旁坐了下來。留依小小的身軀陷進了老舊鬆垮的沙發裡。

我打從心底佩服仁太舅舅無論面對任何情況總是臨危不亂。要是店裡只剩下我一個人遇上這種事，肯定驚慌失措地滿腦子問號——三更半夜的這是怎麼回事啊！

「留依，口渴了吧，想喝什麼嗎？」

留依嘴脣動了動，抬頭望著仁太舅舅，然後看向我。

「這個大哥哥什麼飲料都會做喔！」

留依歪著頭想了想。不知道這女孩是太害羞了，還是原本就內向。

「有香蕉汁嗎？」

真的像是蚊子般的細小聲音。

「有呀，稍微等一下喔。」

仁太舅舅朝我點頭。我想，他的意思應該是讓我別多問，一切交給他來處理。這個小女孩我好像在哪裡見過，不知道是哪一家的孩子。我不太會分辨小朋友的年紀，但看起來不像是低年級生，也還不到最高學年的六年級，這麼說，可能是三年級或四年級，也就是九歲或十歲吧。

香蕉汁美味與否的關鍵在於香蕉的品質。在口味上儘管各有所好，小朋友通常喜歡喝甜一點的。我從三根香蕉中挑選斑點最多的，先拿蔬果刀切下一小塊試吃，決定就是這根之後僅稍微切去末端，其餘部分全部放到果汁機裡，加入少許糖漿，再倒入牛奶後啟動開關。打完後嚐了一口，摻入兩滴香草精再攪拌幾下就完成了。

「久等了，果汁好了。」

我順手插了吸管，將果汁擺到桌上。留依坐直了捧著杯子喝一口，臉上頓時笑開了花。我總算鬆了口氣。

「好好喝！」

「謝謝。」

我和仁太舅舅互相使了眼色。

「留依，我問妳喔，為什麼從家裡跑出來呢？睡到一半醒來就睡不著了嗎？」

舅舅問。留依放開吸管，低下頭不講話。

「媽媽不在家吧？」

「嗯……」

原來是媽媽不在家。不過，這麼晚了，為什麼她媽媽不在家裡呢？她爸爸又在哪裡呢？

這時，又有人推開了店門。

「您好。」

輕輕走進來的是一名長髮女性。

是三毛小姐。

這位也是花開小路商店街的名人之一，晚上在赤坂食堂前面唱歌的業餘音樂人。她有著烏黑的長髮，纖細的身材，平時都穿黑色系的服裝。「三毛」是大家的暱稱，而她給人的感覺也真的很像貓[3]，是一個透著神祕氣息的知性美女。

「歡迎光臨！」

三毛小姐朝店裡看了一圈，隨即露出了微笑，並且輕輕地舒了口氣。

「留依，原來妳在這裡哦。」

「嘿，三毛貓，來找人的？」

仁太舅舅抬起左手對著三毛小姐招了招。三毛小姐慢慢走到留依旁邊坐了下來。

「要喝點什麼？」

「那麼……」三毛小姐看向我。「請給我和仁太先生一樣的。」

「好的。」

我對三毛小姐同樣所知有限，只曉得她住在位於一丁目巷子裡的立花莊，是個業餘音樂人，好像是赤坂食堂的小淳刑警的女朋友。

留依喝了香蕉汁，靠到旁邊三毛小姐的身上。從這個舉動看來，她們應該很熟。留依整個

③日文中的「三毛」是指身上同時有黑、白、褐三種毛色的花貓。

人緊緊貼著三毛小姐，彷彿就快睡著了。

「請用。」

我將一杯兌了水的 I.W. Harper 擺到三毛小姐的面前。

「謝謝。」

三毛小姐抬起一隻手輕輕擱在留依的頭上，另一隻手端起杯子啜了一口。

「我剛才回家時發現門是開著的，往裡面探了一下誰也不在，急忙到處尋找，就這麼沿路跑到這裡了。」

「原來如此。」聽完三毛小姐的說明，仁太舅舅點了頭，接著問留依，「是因為做了噩夢嗎？」

留依搖搖頭。

「是因為爸爸……」

「嗯？」

「……爸爸沒有出來，我好害怕，想去亮亮的地方。晚上還是亮的就只有奈特，仁太叔叔的店。」

爸爸沒有出來？我這個不知道前因後果的人還是閉上嘴巴比較好。三毛小姐微微皺眉，仁太舅舅則緊抿嘴脣。

「這樣啊，原來是爸爸沒有出來啊。」

「嗯……」

「可是，這麼晚了不可以從家裡跑出來喔！」

「嗯……」

「乖，」仁太舅舅摸摸留依的頭。「喝完香蕉汁就和三毛姐姐一起回家，然後上床睡覺。對了，要先上個廁所才可以睡喔！」

「怎麼回事啊？」

三毛小姐帶著留依離開後，我問了仁太舅舅。

「天曉得。」

「天曉得？」

舅舅點了菸，呼出菸氣。

「如果我沒記錯，留依的全名是前田留依，住在一丁目的立花莊。不知道現在是小學幾年級呢？……我想大概是九歲或十歲吧。」

「嗯。」

這些都和我猜測的一樣。既然是三毛小姐特地找上門帶她回去的，大致八九不離十了。

「她媽媽為什麼不在家呢？晚上工作嗎？」

「沒錯。」舅舅揚了揚下巴。「一丁目再過去不是有一區叫『外川銀座』的嗎？」

「有。」

許多小酒吧都開在那邊。多年前那裡就是很熱鬧的繁華街了，只是我還沒去過那裡小酌。

「她媽媽應該在那裡某一家店當公關小姐吧。家裡只有母女兩人相依為命。媽媽去上班，家裡就剩她一個了。」仁太舅舅神情變得嚴肅。「除了三毛貓以外，你認識其他住在立花莊裡的人嗎？」

「不認識。」

我認得三毛小姐是因為她業餘音樂人的身分，稱得上是花開小路商店街上的知名人士，至於那棟公寓裡還住了些什麼人，可就一概不知了。

「嗯。」舅舅點了頭。「我也不是每個都認識，畢竟有些人不在商店街工作。不過，聽說那裡都是老住戶了，鄰居間往來熱絡，所以大家都曉得留依一個人看家，也會幫忙照顧一下。留依是個乖巧懂事的小孩，到目前為止應該不曾惹出什麼事情才對。」

原來是那樣的環境。我漸漸了解留依的感受了。

「那，留依說的那句『爸爸沒有出來』是什麼意思？」

「哦，那個啊……」

舅舅沒有往下說，只往菸灰缸敲了敲菸灰。他拿起遙控器摁了按鍵，一度暫停的《第六感生死戀》又繼續播映了。舅舅就這麼抽著菸看著電影，我跟著繼續看。

電影情節往前推展。

飾演黛咪．摩爾男友的派屈克．史威茲已經死了，但在畫面中的他卻依然行動自如。電影裡的他萬分震驚，連對劇情一無所知的我也有些吃驚。原來這部電影的英文片名《Ghost》是這麼來的——男友死了以後化為幽魂留在人間。

「就是那個。」

「哪個？」

舅舅緩緩地點了頭。

「我記得留依的爸爸已經死了。」

「嗄？」

死了？

「怎麼死的？」

「我和他們不熟，不知道詳情，只聽說好像是死於某場意外。」

「可是剛剛……」

留依說了。

「『爸爸沒有出來』，所以她害怕了。……咦？」

我講完以後突然覺得哪裡怪怪的。

「這樣不是矛盾嗎？」

說不通。如果人還活著，那麼「沒有出來」可能是用於描述他進去廁所以後就不出來了之類的狀況；但是人既然死了，要是變成鬼魂出現，那就恐怖了。

「留依說的『爸爸沒有出來，我好害怕』，是什麼意思？」

「是啊，我也聽不懂，所以她等下一定會——哦，說人人到！」

仁太舅舅望向店門的方向，只見三毛小姐再度推門而入。

「三毛貓，留依睡了？」

三毛小姐點著頭，朝這裡走來，在沙發落了坐。

「我請隔壁的佐藤太太幫忙照料一下，應該不會有事了。」

「這樣啊。」

「好久沒看這部電影了。」三毛小姐看著電視畫面，微笑著說，「這麼巧，恰好挑中《第六感生死戀》？」

「只是巧合。不過選片的是小望，說不定這小子有預知能力。」

「我才沒有咧！」

三毛小姐噗嗤笑了。這是我第一次和三毛小姐如此近距離交談。認識她是和仁太舅舅在一起時在路上遇到並打了招呼，後來我去聽過她的街邊演唱，然後是在赤坂食堂吃飯時她剛好坐在隔壁桌於是聊了一兩句，就這樣而已。

聽說她和小淳刑警是男女朋友，雖然沒看過他們一起出現，但我覺得他們非常登對。其實我也很少見到小淳刑警。上回見到他還是輪休日權藤先生帶他來這裡喝了咖啡的那一次。

「那麼，」仁太舅舅問道，「她剛才提到爸爸，妳知道是什麼意思嗎？」

三毛小姐皺了皺眉頭。

「我也只聽美登里太太提過幾句，不清楚詳細情況。仁太先生，您見過美登里太太嗎？」

「沒見過。或許曾在路上匆匆一瞥。是不是非常高䠷，像模特兒那樣的身材？」

「對。美登里太太有一七〇公分。」

那的確是模特兒的身高。

「美登里太太大約是在一年前開始了夜間的兼職。她說光是白天的工作不足以供女兒上好學校。」

辛苦的單親媽媽。我在這裡聽過不少單親家庭的辛酸史。

「她是從留依的爸爸，也就是前田憲仁先生過世以後，才開始日夜工作的。」

「這樣啊。」

舅舅端起酒杯，喝了一口兌水威士忌。

「我對前田家一無所知，是個什麼樣的家庭？還有，前田先生是怎麼過世的？」

三毛小姐點點頭，說：

「很巧，前田家搬進立花莊剛好和我差不多時候，大約有四、五年了吧？前田先生原本在食品公司上班，不幸遭到裁員，只好……」

「只好搬到房租低廉的立花莊了？」

「對。他們原本住在獨門獨戶的房子，考慮到未來恐怕無力負擔房貸，不得已只能賣了。」

沒想到還有這樣的苦衷。這種話題在我們這些旁人聽來是司空見慣，可是對於當事人而言，卻是血淋淋的生死交關。

「於是，他們好不容易才度過一道難關，沒想到一家之主卻又撒手人寰，只能說是老天無眼了？」

仁太舅舅沉著臉說完這段話，三毛小姐也點頭表示同意。

「很遺憾，事情就是如此。我們鄰居間也常聊起這件事，大家都想問問老天爺到底還要給前田家多少考驗呢？」

只能嘆氣了。非親非故的我們什麼忙都幫不上。並且，我在過去那段工作經驗中學到了，這樣的試煉在人生中多如牛毛。

「不過，」三毛小姐接著說，「說來諷刺，不幸中的大幸是，前田先生是死於車禍，所以領到保險金了。美登里太太說，只是一般的理賠金額，不至於讓留依三餐不繼。」

「我想也是。所謂一般的理賠金額，通常是幾千萬圓左右。只要美登里太太認真工作，省吃儉用，絕對足夠確保母女倆生活無虞。」

「可是，美登里太太希望盡己所能給留依最好的成長環境。她想讓女兒讀知名的中小學，也想讓她上大學，所以她白天當保險業務員，晚上又到——」

「小酒吧兼差？」

我順口問，三毛小姐看著我微笑點頭。

「是的。不過，那裡不是那種不正當的店，真的是普通的小酒館，而且離家很近，臨時有事可以馬上跑回來處理。」

那地方離立花莊的確不遠。舅舅聽完，雙手抱胸問道：

「那麼，夜裡留依獨自一人待在家裡，而爸爸的靈魂每天晚上都會來找她嗎？」

「是的。」

三毛小姐說完，抿了抿嘴脣。

「這件事我是聽留依親口說的。我晚上偶爾會過去看看留依，帶些糖果餅乾陪她一起看電視，送她上床。」

「這樣啊。」

原來這就是立花莊的鄰居幫忙照顧留依的方式。從三毛小姐的語氣可以聽出她應該是個喜歡小孩的人。

「留依有點興奮地告訴我，『跟妳講一個祕密喔，爸爸會從天堂回來看看我過得好不好喔』。」

四　第六感生死戀（Ghost）

花開小路商店街的範圍包括一丁目到四丁目的主街，還有旁邊的巷弄。有些巷子裡開著像奈特咖啡館的小店，也有的像一丁目那邊都是公寓和私人住宅而沒有店家。

立花莊這棟公寓相當老舊了，之前聽過是在昭和初期落成的。公寓的外觀屬於日西合璧，有著木材壁板、陶瓦屋頂與鑲毛玻璃的對開式大門，玄關形似小門廳，牆面嵌入彩繪玻璃，階梯鋪上紅地毯，整體猶如一幢小洋房，相信喜歡舊建築的人一定愛極了這棟公寓。

雖然這棟樓房又老又舊，就算過幾天被拆除了都不足為奇，依然帶給人一種厚實安穩的感受，可見得當年不惜斥資建造得相當堅固，彷彿再住個幾十年也不成問題。

我知道這裡面總共有八戶。因為讀小學時曾經推開鑲有毛玻璃的玄關大門走進去數過信箱有幾個。至於那麼做的理由是，當時這棟樓房在小學生之間已是小有名氣的老公寓，謠傳那地方鬧鬼啦、住著怪人啦云云。原以為現在的小朋友們還在講那些鬼故事，實際上恰好相反，因為目前有幾戶人家的孩子就是小學生，謠言不攻自破。

昨天晚上，或者應該說是今天了，三毛小姐臨走前請仁太舅舅不要讓其他人知道留依有個「鬼爸爸」，並且幫忙解決這件事。

三毛小姐離開後，仁太舅舅抱胸沉思了好半晌，終於開了口：

「天亮後，你去向三毛貓打聽立花莊的所有住戶。如果不敢問三毛貓，就去問赤坂食堂的梅伯母，她一定認識立花莊的每一個住戶。假如梅伯母問你為什麼要問這個，就說是為了夜間安全防護。」

舅舅對我下達了這道命令。

所謂夜間安全的防護者，自然是奈特咖啡館。

這條商店街上深夜營業的唯一店家，奈特咖啡館。奈特這個譯音不是夜晚的「NIGHT」，而是騎士的「KNIGHT」。

我問過舅舅知不知道外曾祖父為什麼把店名取為騎士的「KNIGHT」？他笑著回答：「這還

用問，想必是爺爺自詡為『守護小鎮的騎士』嘛！」

所以，身為「KNIGHT」的後裔，總該知道半夜上門的顧客是不是商店街這一帶的居民，好讓鄰居們住起來比較安心。過去是由仁太舅舅獨自承擔這項義務，現在多了我這個人手，為了強化安全防護，需要了解附近居民的身分背景——舅舅讓我拿這個理由去打聽。

這個理由雖然並不充分，鄰居應該還算可以接受吧。

問題是，我和三毛小姐根本不熟，連她的本名也不曉得，實在不便貿然造訪一位單身女子、況且還是刑警女友的住家。

因此，我決定在尖峰用餐時段過後光顧。

去赤坂食堂吃飯。

「午安——」

我推開喀啦作響的木格玻璃門，餐館特有的氣味撲鼻而來。這是飯菜的香氣和老建物的氛圍交融而成的一種混合味道。從店主辰爺爺年輕時開了這家赤坂食堂到現在已有幾十年歲月了，稱得上是花開小路商店街上的老鋪之一。

「是小望呀，歡迎！」

赤坂食堂的梅奶奶給了我一個微笑。從小學還住在這裡時我就稱她梅奶奶了。我們這些小蘿蔔頭常在商店街上跑來跑去玩耍，在店門口打掃的梅奶奶總是笑咪咪地招呼我們過去吃糖果餅乾，那幕情景至今印象深刻。

「難得在這個時間見到你呢！」

身上罩著白色長袖連身圍裙的梅奶奶說著，端來一杯冰開水給我。店裡一個顧客也沒有。辰爺爺在廚房裡抽著菸望向我。現在時間是下午三點過後。這個時段幾乎不會有人來吃午飯，而吃晚飯又嫌太早了。

「其實，我是有事想請教梅奶奶。」

「有事要問？」

「是的。啊，請給我薑絲肉片套餐。」

「普通套餐就好嗎？也可以幫你做肉加量的喔？」

「那麼，請給我特大的。」

辰爺爺露出一絲笑意。他的口頭禪是年輕人得多吃點才成，看到我們這個年齡層的客人點特大套餐就會很開心；相反地，若是老人家要特大套餐，他則會臭著一張臉。不過這個傳聞我只聽人說過，沒有親眼見過。

梅奶奶在點菜單上寫完餐點，就這麼來到我的桌位，拉開椅子坐了下來。梅奶奶和辰爺爺雖早已年過七旬，依然十分硬朗。尤其是梅奶奶，即便在午間最忙碌的時段，穿著和服的她仍是身輕如燕地來回穿梭於桌位之間。

「想問我什麼呀？」

「呃，是關於立花莊的事。」

我按照仁太舅舅教的那套說詞說了一遍：因為留依半夜溜出家門了，所以想了解那棟公寓有些什麼樣的住戶。當然，沒有提到鬼魂的部分。

直嚷著「哎呀」的梅奶奶一臉憂心。

「留依居然走到奈特去了！那孩子有點夢遊的症狀。」

「真的嗎？」

「是呀。」梅奶奶點頭。「以前有一次也是睡到半夜出門夢遊了，幸好派出所的角倉警官恰巧經過，把她帶回來了。」

角倉警官是位於四丁目的花開小路派出所的員警。印象中我以前住在這裡的時候，他就在那間派出所任職了。

「套餐好了。」

辰爺爺低沉的嗓音從廚房傳來。

「喔，我去端！」

「坐著坐著，你可是客人呢！」

梅奶奶俐落地起身為我端來了薑絲肉片套餐。

「請趁熱吃。」

「謝謝您。」

套餐包括了白飯、裙帶菜和豆腐的味噌湯、堆得像座小山似的高麗菜絲，以及勾了薄芡的薑絲肉片。旁邊小菜碟上的醃蘿蔔和兩片厚煎蛋捲是額外的驚喜。

辰爺爺做的菜真好吃。這是沒有絲毫華而不實，讓人安心的好滋味。這種家常味道彷彿自己也做得出來，卻又美味無比。假如我是個住在立花莊的學生或是一般上班族，一定天天早中晚都來這裡報到。

「你想問立花莊的住戶呀……」梅奶奶點點頭，往下說，「首先是三毛小姐。你知道三毛小姐的本名嗎？」

「不知道。」

「她叫三家明，三個家庭的『三家』，所以暱稱是三毛小姐。」④

總算知道了她的全名，挺特別的。我吃著薑絲炒肉，自顧自地點頭。

「接著，留依是前田家的女兒，媽媽是前田美登里太太。前田家隔壁是佐藤家，佐藤俊之先生從事建築業。」

對了，三毛小姐提過隔壁的佐藤太太。

「還有，自己住的服部美代子小姐是超市的兼職人員。西原夫婦、森川太太和翔也⑤，都是兩人一戶。翔也上中學了，森川太太則在會計事務所上班。」

梅奶奶邊說邊扳著手指數算，目前講完六戶了。

「另外，擔任大學職員的野崎榮美子小姐也是一人獨居。最後是房東蜂屋先生了。這些就是立花莊的所有住戶。」

我把這些資料默背下來。不是自誇，我記憶力真的很好，區區這點訊息完全不需要做筆記。

梅奶奶唯獨沒提到西原先生的職業，不曉得是她不清楚或者另有隱情。正想問，木門喀啦喀啦響起，一個身材極高的男人橫推店門，走了進來。

---

④此處姓氏「三家」的日文讀音為「Mitsu-ya」，但「三家」亦可讀做「mi-ke」，恰與「三毛」的發音相同。

⑤本系列作品前三集的該角色名字僅以片假名標示暱稱「ショーヤ」（shooya），直至本集才出現幾處以漢字呈現的本名「翔也」（shouya）。由於翔也和翔哉的譯音相同，譯者於前面集數譯為翔哉，特此說明。

「我回來了。」

「哎，回來啦。」

是小淳刑警。還有，三毛小姐。兩人見到我，點頭問候。

「午安。」

「你好。」

我認真思考稱他小淳刑警究竟恰不恰當。總覺得至少該稱呼一聲刑警先生或赤坂先生比較禮貌，可是，商店街上人人都叫他「小淳刑警」。

不過，總不至於連在家裡也叫他刑警吧。

「小淳，事情結束了？」

梅奶奶問道。小淳刑警在我的鄰桌落坐，笑著點頭。三毛小姐也在他對面坐了下來。

「算是順利解決了，他們會再持續溝通。多虧三毛小姐幫忙緩頰。」

「哪裡，我只是坐在小淳先生旁邊而已，沒幫上什麼忙。」

雖然不清楚他們談的是什麼，我猜大概是那個吧。

之前聽舅舅提過，梅奶奶常在小淳刑警的輪休日託他處理事情。說穿了，不過是左鄰右舍的雞毛蒜皮小事，實在不值得勞駕堂堂一位刑警在輪休日特地出動，居間排解調停。

「您今天輪休嗎？」

「嗯，沒錯。」

我問了句可有可無的廢話充當寒暄。小淳刑警今天穿的是牛仔褲搭上一件藍色粗棉襯衫，一點也不像刑警，看起來更像是某家店鋪的小老闆。

尤其和三毛小姐在一起，十足的郎才女貌。兩人同樣身材高䠷，雙方氣質相輔相成。聽說這對情侶好事不遠了。

「對了，」小淳刑警問我，「權學長說，自從小望君來到奈特以後，咖啡變好喝了。」

「真的嗎？」

從原料到煮法一切照舊，我在咖啡和烹飪方面甚至是個大外行呢。提到權藤先生，剛好趁機問問小淳刑警，說不定他知道。

「上回聽權藤先生說，他和仁太舅舅是在紐約認識的。請問刑警會被派赴國外工作嗎？」

小淳刑警想起來似地點點頭。「你是說上回提到的事吧？」

「是的。」

「這個嘛……」他想了一下。「我成為權學長的同事只有兩年左右，對他的資歷所知有限，聽說權學長曾經去過美國研修。」

「研修？」

「對。或許大家並不清楚，警察體系也有海外研修制度。當然不可能讓每一個員警都前往深造，權學長是以一個相當特殊的身分被送出國的。」小淳刑警笑了笑。「權學長不喜歡炫耀，所以向來閉口不提。大家一定很難想像，他可是精通三國語言喔！」

「三國語言！」

我有些訝異，連一旁的梅奶奶也瞪大了眼睛。

「哎，你說的是那位權藤先生嗎？」

「是啊。喔，加上母語，總共是四國語言。他能說道地的英語、法語和德語，而且每一種都足以參與當地警方的搜查行動。有時候總局——就是東京的警察局——甚至會特別請他前去支援翻譯呢！」

「太強了！」

這種資歷分明是超級菁英。抱歉的是，任憑我左看右看，權藤先生都只像個警匪影集裡毫不起眼的中年刑警，誰會想到他竟是如此出色的刑警！或許不該質疑，但這樣優秀的人才，為何甘於待在地方警察局呢？

「所以，我猜權學長可能是那個時候在紐約結識了仁太先生的。」

「是哪，仁太先生可是個環遊世界的人呢。」梅奶奶頻頻點頭，接著笑咪咪地換了話題。「我說，你們兩個這麼早回來做什麼嘛。難得的輪休日，到處走走逛逛多好呀。」

小淳刑警和三毛小姐互看了一眼，有默契地回答：

「反正沒什麼特別想去的地方。」

「等一下過來幫忙，晚飯也由我來。我先去換件衣服。」

說著，三毛小姐走了出去。小淳刑警對我說了「下回再去光顧」，回到自己的房間。梅奶奶無奈地笑了笑。

「三毛小姐要在這裡做晚飯？」

「是呀。三毛小姐說她喜歡做菜，最近常來廚房幫忙，還為我們親自下廚，而且是家裡吃不到的高級晚餐呢！」

「是哦。」

沒想到三毛小姐還煮得一手好菜。我知道她是美術老師。看來她不僅有副好歌喉，甚至擁有高超的廚藝，真是多才多藝。

「這麼貼心的女孩我們當然喜歡。」梅奶奶接著說，「只是既然如此，真希望早點進門當媳婦兒呀。」

說得也是。都來做晚飯了，也就是公認的伴侶了。兩人已是適婚年齡，況且住得那麼近，在外面多租一間房子似乎有點划不來。

「他們還沒這個打算嗎？」

「好像還沒有。我問過小淳，他推說工作很忙。這孩子做決定時向來謹慎。」

又是一個如常的夜晚。今天晚上來租片和用餐的客人比平時多。我照常準備了大約二十份餐點，一下子就銷售一空了。

「要是生意一直這麼好，可得再多請一個人手了。」

「是啊。」

直到八點過後才收拾完畢，最後一個客人也離開，我們總算可以喘口氣了。

「做生意最難的就是不知道能不能天天高朋滿座。」

「說得也是。」

這話是真的。商店街上有著各行各業的不同店家。我現在才體會到，每天守著店面等候那不知何時上門、也無法預估人數的顧客，是一件多麼辛苦的事。

「怎樣？當上班族時，不曾體驗過這種辛苦吧？」

「的確。」

上班族也有上班族的辛酸。不過，除非公司採取分潤制度，否則很難直接感受到沒有半個顧客上門就等於自己當天賺不到錢、沒有生活費了。舅舅自己從備餐區端了一杯酒過來，緩緩坐進電視機前的沙發。

「今天喝的是什麼？」

「蘇格蘭威士忌。酒香真迷人。」

仁太舅舅的酒量不大，只是喜歡品酒。奈特咖啡館並不賣酒，酒櫃上陳列的那一瓶瓶全是自用的。舅舅每天小酌一兩杯，細細品味，享受著夜晚。

「去立花莊打聽得怎麼樣了？住戶的背景都清楚了？」

「嗯。」

我原原本本地轉述了從赤坂食堂的梅奶奶那裡聽來的話。順帶提到在那裡見到小淳刑警和三毛小姐，也把紐約的事一併說了。舅舅無奈地笑了。

「權藤兄真是的。」

「難道有什麼舅舅不願意想起的往事嗎？」

沒有拐彎抹角，我直接問了。舅舅不高興地嘟了嘴。

「當然有，而且多得要命。我不希望別人提起的往事多到算不清了。先不談這個了。你剛才說，三毛貓也在那裡？」

「在啊？」

「她見到你什麼也沒說，只顧和小淳刑警卿卿我我？」

「並沒有卿卿我我，也沒跟我說些什麼。」

「沒把留依的事特別拿出來談吧？」

「沒有。」

我點了頭。我也沒向三毛小姐提起這件事，心裡只想著不好意思打擾了小淳刑警難得的輪休日。

舅舅若有深意地雙手抱胸。

「感覺到兩人好事已近了嗎？」

「有。三毛小姐去換了衣服後回到食堂的廚房愉快地做菜，辰爺爺和梅奶奶也樂呵呵的。」

「小淳刑警同樣一臉喜孜孜的？」

「那還用說，不過他沒進廚房幫忙就是了。不知情的人看到這幅情景，一定覺得是和樂融融的全家福呢。」

若要吹毛求疵，也就三毛小姐一個是外人而已。舅舅點著頭表示明白了。或許是我格外遲鈍，每回遇上這種時候，我總是弄不懂舅舅究竟在想些什麼，頂多知道他腦中正在進行大量的推理。

「小望。」

「嗯？」

「我啊，」舅舅從衣襟裡抽出手來，點了一支菸，緩緩呼出，凝望那裊裊上升的菸氣。「完全不相信鬼魂那一套。」

「我想也是。」

不過，我隱約覺得舅舅對那方面應該頗有研究。

「等等，我這句話有語病。如果把鬼魂這個詞置換成人類的意念，我倒是相信有這種力量。」

「意念？」

「嗯。」他點頭。「這是我一個朋友的親身經歷。他是貿易公司的職員，在印度工作。太太和可愛的孩子留在日本，他獨自遠赴異國上班。這不是什麼稀罕事吧？」

「是啊。」

不單是日本，世界各國都有這樣的情形。

「他非常疼愛孩子，真的很不願意和剛滿兩歲的女兒分隔兩地去印度，無奈工作就是工作，不賺錢就沒辦法讓妻女過上幸福的日子，只好咬著牙拚命工作。雖然每兩天就會上網透過 Skype 和女兒視訊，但他真的很想親手抱抱可愛的女兒。天天都像數饅頭似地算著再過幾個月就能回家了。」

「舅舅，等一下！」

「怎麼了？」

「那個人該不會死掉了吧？如果是那樣就太可憐了，我不敢再聽下去。」

「放心吧，那傢伙活得好好的，已經回到日本嘍。」

太好了！這樣我就能安心繼續聽了。

「然後呢，他待在印度的某一晚做了一個夢，夢到自己回到日本的家抱著寵愛的女兒。到了早上睜開眼睛，想起自己做了一個好夢，甚至懷裡還留有抱著孩子的觸感。」

「嗯。」

「沒想到，他太太在同一天晚上也做了一模一樣的夢！」

「真的假的？」

「真的。他太太夢見先生回來了，抱起女兒，女兒笑了，笑得很開心。就這樣，太太也滿懷幸福的感覺醒了過來。」

為什麼會這樣呢？

「夫妻兩人分別生活在日本和印度，卻做了同樣的夢？」

「印度和日本的時差是三個半小時，日本的時間比較快。假如太太和小孩在晚上八點入睡，那時印度才四點半；如果先生是十一點睡覺，日本則是兩點半了。就時差而言，也不是不可能。」

「有道理。」

「更進一步來說，假設先生在十二點熟睡，日本這邊是三點半，那個時候太太已經睡得非常沉了。即使先生是真的在日本現身並且抱了孩子，太太或許以為自己只是做了夢。」

「咦，等等，不會吧？」

難道是元神出竅？

舅舅咧嘴一笑。

「先生的手掌心依然殘留著抱過孩子的觸感，而太太也分明聽到孩子的笑聲和看到丈夫的笑容。雖不清楚究竟發生了什麼事，但毫無疑問地兩人確實做了同樣的夢。所以──」

「所以舅舅深信，撇開鬼魂之說，一個人強烈的意念足以促使任何情況的發生，對吧？」

「沒錯。」

如果是這樣，那麼我也相信那是真的；或者說，我願意相信。

「也就是說，假如留依死去的爸爸真的由於放心不下女兒而每晚都來看她，其實旁人沒必要插手干預。只是就教育觀點而言，這對孩子並不是什麼好事。」

「就教育觀點而言？」

舅舅輕輕嘆氣，先啜了威士忌，再吸了口菸。

「人死不能復生。孩子必須克服這項人生的試煉，繼續成長茁壯才行。難道不是嗎？就算亡者可以隨時回應召喚而重返人間，這對生存在現實世界中的孩子又能起到什麼幫助呢？」

舅舅的見解儘管殘酷，卻很有道理。

「留依現在九歲，應該懂事了。女孩通常比較早熟，或許她早就察覺異狀了。或者應該說，這個年紀的孩子若是毫無所覺，那才叫不尋常呢。」

「察覺什麼異狀？」

砰的一聲，舅舅朝桌面拍了一記。

「小望，這就是關鍵了！萬一來看留依的那個所謂爸爸並不是鬼魂，而是某個活生生的人半夜溜進她家呢？什麼樣的人會半夜進去別人家呢？」

我想一下……。

「變態？」

「不無可能，但我認為不是。你再想想，還有一種更老套的……」

更老套的……？

「就是小偷嘛。」

「小偷？」

有道理。半夜溜進別人家裡的不外乎小偷。

「可是，她家沒有東西被偷吧？況且小偷也沒有理由天天上同一家偷東西啊！」

「想像一下，」舅舅說，「住在公寓裡的一對母女。這對母女看似平凡，唯獨有一點不同於一般人。」

「不同於一般人？」

「這對母女領到了死去的丈夫、死去的父親的保險金。」

對喔！

「三毛貓不是說過嗎？住在同一棟公寓裡的住戶相處十分融洽，彼此敦親睦鄰。事實上，三毛貓不就曉得美登里太太領到保險金嗎？那麼即使有其他鄰居知道這件事，也就不足為奇了。」

「舅舅該不會認為……」

仁太舅舅臉色一沉。

「這對母女過的是清貧儉樸的小日子，想必這棟公寓裡的某些住戶也過著同樣的生活。三毛貓說，鄰居交情好，幾乎每晚總有人過去留依家探望一下。如果這種情況已經持續了好幾年，那麼比現在年紀更小時的留依睡著後家裡遭到男賊入侵，恰巧這時她醒來，也許誤以為是爸爸回來了，興高采烈地用娃娃音大喊一聲『把拔！』甚至撲上去摟得緊緊的，而那個男賊被懷裡可愛的小女孩誘發了父愛，於是假扮成父親安撫她『只要妳乖乖的，爸爸就會再來看妳喔』——如何？是不是有這種可能性？」

可能性。

住在同一棟公寓裡、且和留依的爸爸年齡相仿的男人。

「具有這種可能性的住戶是佐藤家和西原家。房東蜂屋先生已經是老伯伯了，應該不會被留依誤認成爸爸。」

「三毛貓說過，佐藤太太就住在隔壁，所以請她幫忙看顧留依。以這兩家往來的密切程度，佐藤先生大概不至於去隔壁偷東西。如此一來，就剩下那位西原先生了。」

「可是，西原先生和留依的爸爸長得像嗎？就算很像，留依平常應該認得那位鄰居叔叔吧？」

「別忘了那可是深夜，而且是在一片漆黑的屋子裡，也許兩人身材相近加上聲音相似。即便相貌不同，但骨架及聲音相像的大有人在，也可能身上有著一樣的氣味。」

「氣味？」

「對，氣味。」舅舅點了頭。「孩童對氣味格外敏感，可以清楚辨別出爸爸和媽媽的氣味。所以說不定是對方身上有著相同的氣味，例如男性髮妝品或鬍後水之類的。」

不無可能。香水或許只有某些男士才會噴抹，但是髮妝品和鬍後水則多數會天天使用。仁太舅舅用的就是價格昂貴的義大利製古龍水。

「但如果真是小偷……」

怎麼想都不覺得有人能夠多年來一直在半夜扮成留依的爸爸。舅舅聽我這麼一說也覺得有道理，抽了口菸之後繼續分析：

「或許一開始是去當賊的，後來感到愧疚與產生同情，於是一再假冒爸爸，甚至編造理由警告留依不許觸摸和開燈，否則以後就不能來了。至於錢財，應該沒有竊取，否則美登里太太一定會察覺，而他也無法在那棟樓繼續住下去了。所以，事到如今，這個舉動已經變成某一種善行了。」

「真有辦法持續那麼多年？」

仁太舅舅偏頭撇嘴，看著我。

「正因為如此……」

「正因為如此？」

「假設是那位西原先生基於某種隱情而有了這樣的作為呢？」

「什麼隱情？」

「比方說，他的孩子過世了。」

我實在缺乏想像力。每次和舅舅聊天時，總是深深體會到這一點。的確有這個可能。

「當然，或許他一開始就假扮成鬼爸爸，並沒有任何竊取財物的意圖。」

「他為什麼要這麼做？」

「也許是出於好意，又或者受人之託。」

受人之託？

「會拜託別人做這種事的只有留依的媽媽，也就是美登里太太本人……但是，她沒理由這麼做吧？」

舅舅嘆了長氣。

「之前告訴過你男女之間有一條深河吧？即使乍看之下超乎常理，只要仔細推敲就不難明白了。舉例來說，美登里太太和西原先生有著不可告人的關係……」

「天啊！」

我實在不願意往那方面想，但的確不能排除那種可能性。

「這麼說，非得詳細調查西原先生不可了。該向誰打聽呢？」

「總得維持人際關係的和諧吧。雖說對方是陌生人，畢竟住在同一個鎮上，要是我直接闖入那棟小公寓問東問西的，一定馬上引發議論紛紛，懷疑『仁太在做什麼啊？』萬一變成那樣……」舅舅頓了一頓，才往下說，「只會帶來不幸。這種對誰都沒有好處的事，比螃蟹更令我厭惡！」

原來舅舅討厭吃螃蟹。我得牢牢記住，以後千萬別做蟹肉可樂餅。

「那，該怎麼做？」

「是啊，該怎麼做才好呢……」

舅舅往後靠在沙發背上，不置可否地望向擺滿光碟片的櫃子。

「《第六感生死戀》……」

那是昨天看過的電影。舅舅起身，取出ＤＶＤ，送入播放器，摁下開關，順手開了電視機。影片開始播映。

自從回到這裡之後，我深深體會到一件事：每一部電影的片頭總是讓人心生雀躍，滿懷期待著接下來會展開什麼樣的故事呢。並且這一點適用於任何領域。

舅舅從選單直接跳到了最後一幕。

「真希望留依的爸爸也能像這動人心弦的一幕，瀟灑翩然地升天而去。」

說完，舅舅陷入沉思。

平時的舅舅很少這樣欲言又止。我猜他腦中已經想到幾種解決方案了，只是猶豫著該採用哪一種才好。

「有什麼其他的嗎？」

「其他的什麼？」

「就是讓舅舅猶豫因而沒能立刻採取行動的理由。以前遇到這種情形，舅舅總是馬上出門去幫忙解決了。」

聽我這麼一說，舅舅笑開了。

「你也學到不少了嘛。很好很好。」

「謝啦。」

「猶豫……」舅舅嘟噥著，抬眼看我。「我的確在猶豫，理由是……」

「理由是什麼？」

「你對三毛貓有什麼看法？」

「什麼意思？」

怎麼突然換了話題。

三毛小姐，本名三家明小姐。

「她很有氣質，性格獨特，長得漂亮，不僅玩音樂，還是美術講師，對吧？可以說是多才多藝。」

「沒錯，多才多藝又有氣質的美女。單就容貌來說，韮山花坊的花乃子五官更為精緻。如果花乃子是太陽，三毛貓就是月亮。而且……」

「嗯？」

「月亮有種種不同的面貌。三毛貓在幾年前搬進了立花莊，目前已是這一帶小有名氣的歌手，十分迷人。不過，我總覺得她有祕密。」

「誰沒有祕密呢？舅舅不也說過自己有祕密嘛。」

「這話倒是沒錯。」舅舅點頭。「但我的意思不是那種祕密。用個負面的形容，比較接近居心叵測。簡單來說，三毛貓是想藉助我的力量來解決留依的問題，但我可以感覺到她藏著『某種』不為人知的心事，若無其事地來到這裡，淡然敘述了情況，將問題留給了我。」

「我不是很懂。舅舅的意思是，三毛小姐是刻意把留依的問題交由舅舅處理？」

「與其說是刻意……」舅舅摁熄了菸，雙手抱胸，然後又從衣襟裡抽出右手抵著下巴。「不如說是請託？」

「請託？」

「嗯。」

舅舅點了頭。

「比較像是對我說，『不好意思，我已經無能為力，麻煩仁太先生接手解決了』。」

愈聽愈迷糊了。我一點也不覺得三毛小姐有絲毫請求的意味，不過既然舅舅感覺到了，應該錯不了吧。

「我從頭整理一下：三毛小姐知道留依那個鬼爸爸的真實身分，憑她的能力當然可以解決，但她基於某種理由而遲遲無法下定決心，就在這時，恰巧留依來到了奈特咖啡館，三毛小姐正好抓住這個機會，以眼神拜託舅舅伸出援手……是這樣嗎？」

舅舅迅即鬆開了揣在胸前的雙手，欣喜地拍了一掌。

「就是這樣！至於所謂的某種理由，我暫時只看到隱約的輪廓，或許就是那樣吧。」

究竟是哪樣我完全摸不著頭緒。

「小望，你電腦功力不淺吧？有辦法設計出一套足以騙倒小孩的軟體嗎？」

「沒辦法啦，哪有那麼厲害啊！可是委託專家設計要花很多錢耶！」

我大概猜得到舅舅的計畫。

「說得也是。其實我有個朋友可以幫忙做出和她爸爸生前的身影一模一樣的ＣＧ，設定半夜突然出現在電視螢幕上。」

「你有那麼厲害的朋友喔？」

「有個叫巡矢的辦得到，可是那傢伙住在紐約，索價又高。恐怕不行。」

舅舅駁回了自己的提議，手抵著下巴繼續尋思。

「看來，只剩那個辦法了。」

「哪個辦法？」

「只能讓鬼魂消失了，還不能讓任何人察覺有異。這回不能像過去那樣低調處理，必須演一場轟轟烈烈的大戲才行，並且不容許失敗。小望……」

「嗯？」

舅舅露齒而笑。

「去把北斗和奈緒叫過來。」

北斗和奈緒？

「為什麼要找他們兩個？」

「你和北斗很熟吧？」

非常熟呀。

「他是松宮電子堂的接班人，現在回到校園當大學生，來找他聊天的人比以前少了，他還待在店裡做事時可是這附近老先生老太太們的偶像呢！」

「哦——」

這件事我聽過。那家電器行的後面是他的維修間，一些老先生老太太喜歡聚在那裡喝茶聊天，也因此他總能在第一時間知悉商店街的大小動態。

「不光這樣，他蒐集情報的能力與ＣＩＡ探員不相上下。」

「什麼意思？」

「畢竟家裡開電器行，」舅舅解釋，「以前商店街曾委託他到每間店鋪檢測是否被裝了針孔攝影機和竊聽器。既然有能力檢測，安裝那些器具也就易如反掌。」

「你是說，要北斗像偵探那樣暗中調查？」

「沒錯。」

這部分我懂。如果留依看到的那個鬼爸爸一開始是進去偷東西的，就得找到相關的證據，否則無法讓這件事順利落幕。

「那，奈緒呢？」

奈緒是北斗的未婚妻，家裡是一丁目的柏克萊餐廳。我對女性沒有興趣，不過其他男人和她面對面說話想必會坐立難安，因為她擁有相當傲人的上圍。

「你大概不曉得，她是小淳刑警的表妹。」

「是哦？」

「這……有關係嗎？」

我還真不知道這兩人是表兄妹。可是……。

「嗯。」舅舅微微皺眉。「你很快就會知道了。總之，先找他們來商量。」

五　我愛的男人（The Man I Love）

北斗一臉苦相。

他本來就是宅男，聽說有一段時期甚至足不出戶。

我記得他小學時就是個安安靜靜的男生，不過那時候還會和大家玩成一片，所以當我回來後聽到他一度繭居在家，真的嚇了一跳。他現在能夠恢復成一個正常上課的大學生，必須歸功於竹馬之友的克己，以及未婚妻奈緒。我為他慶幸有這兩人在身旁不離不棄。

不過，必須先說聲抱歉的是，北斗看起來還是那副老樣子。任誰見到他臉上流露的表情和身上散發的氣息，難免會有「唉，這孩子真膽小」的成見。不論何時何地，他總是愁眉苦臉的，甚至會讓人擔心這傢伙是不是下一秒就要死翹翹了。

我不是不能理解他此刻的感受。

晚上九點多了突然被叫來咖啡館，還以為有什麼十萬火急的要事，結果告訴他有個住在立花莊的女孩留依遇到了某種情況，希望他一起幫忙解決，好讓大家都能過上幸福的日子，順便問他能不能——噢不，是要求他去別人家裡偷裝針孔攝影機，因為這是仁太舅舅的命令。

問題是這兩人……應該說我知道北斗值得信賴，但不確定讓奈緒知道那麼多，是不是明智之舉。顯然舅舅有十足的把握才會找他們來吧。

「仁太先生……」

「嗯？」

北斗從額前長長的劉海縫隙間直視著舅舅。

「您不是開玩笑吧？」

「雖然我平時愛說笑，總不至於大晚上的把人找來惡作劇。」

「我想也是。」

北斗垂頭嘆氣。並肩坐在沙發上的奈緒視線始終沒有離開過他。

奈緒的全名是柴田奈緒，小他兩歲。讀小學時我幾乎沒和她說過話，只知道是住在同一條商店街上的女孩。闊別多年見到面才發覺她已經變得那麼可愛了。她的眼尾微微下垂，與北斗完全相反，臉上總是掛著微笑。

雪白的肌膚、傲人的上圍、窈窕的身材，再加上可愛的氣質。條件那麼好的奈緒竟然和北斗形影不離，這堪稱是花開小路商店街未解之謎的其中一樁。

我完全不清楚奈緒的個性，克己形容她是個「奇妙的女孩」。平時溫柔文靜，總是笑咪咪的，遇上急性子的人甚至會被她的慢動作給惹惱。但她其實非常聰明，腦筋動得超快，彷彿只要按下某個開關，立刻會從一百歲的老奶奶變身成二十歲的奧運短跑選手，包括說話和行動的速度都變得飛快，身邊的朋友通常得花上好一段時間才能適應。

「您的意思是——」奈緒的視線從北斗慢慢移到仁太舅舅身上。「必須潛入住在立花莊的前田美登里太太家，還有西原夫婦的屋子嘍——」

「是啊。」

笑咪咪的奈緒慢悠悠地反問，舅舅也微笑著點頭證實。

「可是，北斗不知道該怎麼潛入住宅，仁太先生應該會做妥善的安排吧？」

「哎，奈緒，我也沒有那種天大的本事，所以才想找你們商量嘛。」

「嗄——那種事得拜託真正的小偷才辦得到，我們這四個人誰也不會呀！」

一臉灰撲撲的北斗被晾在一旁，奈緒和仁太舅舅同樣面帶笑容，從容不迫地交談。眼前的這兩人，宛如爾虞我詐的白狸貓和銀狐狸正在相互過招。

「啊！」

奈緒突然大叫一聲並且雙手一拍。如果是漫畫，此時她頭上就該冒出一顆發亮的電燈泡了。

「仁太先生，我們這麼辦吧！」

「哦，妳想到好點子了？」

「由我外送到立花莊。」

「外送？」

我不由自主地跟著複誦。

「是的，外送柏克萊的美味咖哩。小望學長，我家餐廳也做外送喔，正確來說應該是外燴服務。我們將幾種咖哩整鍋直送到府，搭配不同米飯和多種飲料的選擇，真的很好吃喔！我通常會扮成女僕按門鈴：『您好，柏克萊到府服務——』。喔，女僕裝只是我的興趣。這次北斗以幫手的身分一起去，利用我幫大家盛盤的時候，他悄悄進屋裝針孔攝影機——您覺得這個方法如何？不過，突然送餐上門，對方一定會說他們沒有叫餐，所以名義是立花莊的翔也慶生會。」

「慶生會？」

生日？

翔也？

「誰是翔也？」

「喔，他是住在立花莊的森川太太的兒子。」

奈緒解釋。

我想起來了，森川太太有個上中學的兒子，名字就叫翔也。

「如果我沒記錯，翔也的生日是七號，就在下個禮拜。所以表面上是用柏克萊的外燴服務來慶祝生日，邀請公寓的所有住戶一起開場咖哩派對。二樓的走廊挺寬的，還擺著沙發，用那個場地綽綽有餘。只要在走廊上喊幾聲『咖哩來囉——』，住戶就會一個接一個出來高高興興享用咖哩。我會準備蛋糕，北斗可以趁著大家關燈唱生日快樂歌的時候進去裝針孔攝影機。當天請奈特咖啡館的二位一起去幫忙也很自然，因為花開小路商店街的餐飲店經常像這樣互助合作。」

奈緒宛如背臺詞般說得行雲流水，聽得我目瞪口呆。仁太舅舅倒是樂在其中，頻頻點頭。

「咦，可是，這意思是由妳幫那個翔也辦慶生會嗎？」

「不是由我出面。我和翔也還算熟，但是和他更要好的是大學前書店的小菜，她不但是翔也的同學，還是女朋友呢。大家都知道這對小情侶從讀小學時就在一起了。小菜的姐姐是美波，你應該認識吧？」

原來是她。

「鈴木美波。」

我說出名字，北斗點了頭。

「就是我們的同學美波。不過，你那時候沒怎麼和她一起玩吧？」

「是啊。」

我當然認識她，只是沒什麼交流，根本不曉得她還有個妹妹。

「這麼說，她妹妹，呃，小菜？……是在我搬走以後才出生的？」

「不對哦，你還在的時候應該就出生了。會不會是那時只是小寶寶，所以你不認識？」

北斗側著頭想，奈緒點頭附議。

「她們姐妹相差十歲，應該就是這個原因了。小菜全名是菜津埜，她和翔也從上幼兒園時就是每年輪流在家裡慶祝生日。翔也現在是中學生了，一定覺得這種事很丟臉，但只要美波告訴他『姐姐要幫你慶生』，他一定會乖乖點頭答應的，然後再進一步說邀請同一棟樓的鄰居都來參加咖哩派對，這樣就沒問題了。」

「好方法！如此一來，就能名正言順地進入立花莊，利用短暫的時間設置機器了。」

「可是裝設針孔攝影機得費一番功夫吧？這樣北斗得在屋子裡窸窸窣窣地忙上好一陣子，不是嗎？」

我對北斗寄予無限的同情。他聽了，微微點頭。

「的確不容易。不過……」

「不過？」

「只要做好事前準備，也就是預先調查清楚要裝設在什麼位置，就不會耗費太多時間。現在有很多針孔攝影機都是透過 Wi-Fi 或無線電連線的，我也會選用電波可及範圍較廣的機型。換句話說，只要先定好裝設位置，其餘的步驟還算簡單。」

「所謂的調查，是指立花莊的內部格局嗎？」

北斗點頭表示我問得對。

「包括格局和屋子裡面的陳設。我要先知道什麼地方有櫃子，思考該把攝影機藏在什麼地方才不會被發現。」

「那麼多細節，恐怕還是得親自潛入現場才知道吧？」

「未必要進入現場……」北斗有些心虛地看著我。「……也能調查。」

「真的嗎？」

北斗面露愧疚地點了頭。

「只要爬到立花莊周邊的正木屋、山下，以及大學前書店的屋頂上，應該就能觀察到大部分的屋況。因為立花莊的窗戶又大又多。」

北斗雖然還是一副可憐兮兮的模樣，這段話倒是說得十分流暢。

「爬到屋頂上？」

「對。你小時候也一起爬過吧？從拱廊的緊急逃生梯上去的。」

我想起來了。商店街的廊頂已經相當老舊，旁邊架有安全梯供一般維修或緊急情況時使用。

當然，安全梯只能在緊急逃生時使用，大人總會叮嚀小孩絕對不准擅自攀爬，我們當年也同樣被耳提面命，但是男孩子一旦發現梯子，怎能不爬上去冒險一下呢。

「我們被克己的爸爸罵了一頓。」

「對對對，克己的腦門還挨了一記。」

我們兩人笑了好一陣子。

可是……。

「所以你的意思是，要在屋頂上偷窺屋子裡面的狀況？」

「用相機的長鏡頭拍攝。前田家和西原家都在二樓，只要對準屋子裡面，就能拍到包括家具在內的大部分屋況，然後在電腦上勾勒出尺寸和形狀，這樣要畫出完整的隔間圖和家具的3D配置圖就很容易了。」

我總算聽懂了。沒想到北斗竟能辦到如此高難度的事。所謂與ＣＩＡ探員不相上下的情報蒐集能力的，原來是這個意思。我不由得看向舅舅，只見舅舅緩緩點了頭。

「好戰術！莫非奈緒曾經去過立花莊裡的住家屋內？」

「去過呀！」

奈緒倩然一笑，點了頭。

「我去過三毛小姐家、翔也和森川太太家，還有房東蜂屋先生家。有些是送餐，有些是去玩的，所以多數格局應該不用調查了。」

原來這就是舅舅找來奈緒的理由。柏克萊和立花莊同樣位於一丁目，應該常有人叫外送。說不定……不，不是說不定，而是舅舅早已了如指掌，所以才特地找來他們兩人。

仁太舅舅滿意地點頭，從衣襟抽出右手摩挲著下巴。

「那麼，你們打算怎麼運用呢？」

「相關器材我都有，這部分沒問題。至於請美波向翔也提議辦慶生會……」

說到這裡，北斗看向奈緒。

「這個交給我來比較恰當。我是美波學姐的社團學妹，我們都參加網球社。菜津埜和我也很熟，完全沒問題，不會覺得奇怪。她曾向我抱怨自從翔也上了中學以後就因為難為情而不肯陪她了，這個提議她一定很高興，道謝都來不及呢。不過，仁太先生……」

「怎麼了？」

「相關的經費，您有什麼想法嗎？雖說助人為樂，畢竟北斗提供了機器設備，而我做外燴總得把錢交給爸爸否則會起疑。若說全部自付，在金額上恐怕有些困難。」

嗯，確實如此。之前聽說了奈緒很能幹，今天果然看到她那嬌柔外表下的縝密心思。

「問題就在這裡……」舅舅喃喃說道，「這也是我想和你們商量的事情之一。至少北斗裝設的針孔攝影機我這邊可以想辦法。不必動用到松宮電子堂的商品，只要告知品項，我可以在當天之前調到不用錢的貨。」

「舅舅，你有那麼大的本事？」

「俗話說，人老閱歷多，薑是老的辣，包在我身上。外燴的費用，我其實很想自掏腰包，可惜大家都知道奈特咖啡館的營業額少得可憐。這場慶生會的人數不少，費用大概會上萬吧？」

「嗯。」奈緒點頭，扳著手指計算。「初步估計，即使算優惠價，再扣除奈特的兩位的義務幫忙，至少也要兩、三萬圓跑不掉哦。」

這個估價很合理。準備將近二十人份的數種咖哩飯到府外燴，如果不收取這個金額就要虧本了。

「是啊，差不多要這個數目。……就當是賒帳吧。」

「您說賒帳嗎？」

奈緒略顯訝異，眼睛瞪得圓圓的。

「我沒說不付錢。為了不引起奈緒的老爸——柴田老闆的懷疑，我會挪用小望的打工費支付。小望，你吃點虧吧。」

「哦，好。」

我倒是無所謂。兩萬圓大約是兩、三天的銷售額，不算太多。反正有地方睡有東西吃，暫時少了區區兩萬的生活費死不了人的。

「不過，」仁太舅舅快活地笑著，從袖兜抽出右手在空中畫了一個大圈。「這筆賒帳經過一番兜兜轉轉，或許最後會回到小望的身上。不妨看成是一筆人情帳。等到日後要結清，就交給小望吧。」

我和北斗、奈緒都聽不懂仁太舅舅在說什麼，三個人歪著腦袋看他。

舅舅倒是心滿意足地兀自點頭。

「現在不懂無所謂，沒那麼輕易就能看到結果。不過，奈緒，我找妳來的重要理由之一是希望透過妳邀請小淳刑警參加這場慶生會……不，他無論如何非參加不可！」

「我表哥嗎？」

「小淳刑警？」

「為什麼呢？」

我們三人同時開口說了不一樣的話。

「總之，他一定要到場。只是，他畢竟是刑警，除非當天發生了凶殺案或重大刑案而無法到場，否則請他務必撥空出席，只要短短三十分鐘或一個鐘頭就夠了。若是問起理由，就麻煩他那親愛的奈緒表妹幫忙編個藉口吧。」

仁太舅舅凝視著奈緒的臉，瞇起眼睛考慮的奈緒也迎上舅舅的視線。

這場慶生會三毛小姐必定出席，身為男朋友小淳刑警屆時到場也沒什麼好奇怪的，大家看到他來，一定會熱情地邀他同樂。

可是，舅舅卻強調他非來不可。

「嗯！」奈緒終於點了頭。「小淳表哥和立花莊的翔也滿熟的，應該沒問題。」

奈緒講完後，北斗也接著說：

「小朋友們都很喜歡小淳刑警。輪休日走在街上，總會遇到小朋友們喊他過去一起玩呢。」

我這才知道小淳刑警在小孩之間大受歡迎。想想也是，如果我小時候附近住著一位像小淳刑警那樣的警察先生，大概也會很興奮地纏著對方攀交情吧。

話說回來。

「等一下，舅舅，那樣太危險了吧！一方面要北斗偷裝針孔錄影機，一方面又讓刑警參加慶生會……」

小淳刑警的外表一點也不像警察。身材高瘦，待人和善，乍看之下似乎不怎麼牢靠。不過權藤先生稱讚他相當幹練，儘管警界資歷尚淺，保證日後絕對會成為一位非常傑出的警官。

「有警察在場，北斗不就沒辦法偷裝針孔攝影機了？」

「或許吧。」

「什麼或許不或許的！這樣的話，一切不就白費功夫了嗎？」

「妙就妙在……」不知為何，舅舅一臉洋洋得意，手環胸前。「或許不會白費功夫。」

說著，他又咧嘴笑了。我愈來愈納悶了。平時就不太了解舅舅心裡想些什麼，這回更是徹徹底底不懂了。

「我似乎……」奈緒微微偏著頭說，「有一點點明白。」

「妳懂了？」

我問奈緒。她伸出右手湊向眼前，伸出食指和拇指像是捏東西似地留出一小段空間，比出

「一點點」的動作。

「您的意思是，小淳表哥來到立花莊的這件事本身具有重要的意義，是不是？即使他不來，或許事情還是可以得到解決；但也可能就算他來了，仍然無法發揮作用。如果真是那樣，那就算了。」

奈緒，對不起，我真的連一個字都聽不懂妳在說什麼。只見北斗慢慢抬頭望著天花板，微微點頭，接著看向奈緒。

「雖然不是百分之一百，我也隱約明白了奈緒的意思。總而言之，我被賦予的任務依舊不變。」

「啊？不會吧？」我盯著北斗看。「就我一個不懂？」

「你就甘拜下風吧。北斗相當於花開小路商店街的ＣＩＡ探員，奈緒長得這麼可愛還擁有天才般的記憶力。這兩個人從小住在這裡，自然熟知商店街的一切動靜。你回到這裡的日子還不夠長，無法領略也是天經地義。更何況這項計畫需要一個像你這樣一張白紙似的角色。」

奈緒和北斗同時看著我，一股勁地直點頭。北斗接著問說：

「不過，仁太先生，還是暫時不要說清楚比較好吧？」

「是啊，事情的開端就是像這樣混沌不明的，照這樣維持現狀就好。等到整件事結束以後，再仔細解釋給小望聽。」

既然大家都這麼說了，我也只能欣然接受了。

「是是是，就這麼做吧。」

「小望，別那麼沮喪嘛，有項重要的預備工作要交給你去辦。」

「什麼工作？」

「你有照相機嗎？我說的不是具有照相功能的智慧型手機，而是數位單眼相機。」

很遺憾，我沒有。

「那，向北斗借一臺吧……你手邊的數位相機不只一臺吧？」

「是的，不只一臺。」

「要我拍什麼照片？」

舅舅伸出手指，往頭頂上比劃了一圈。

「從明天起到慶生會那天，你去把商店街上所有的老東西統統拍一遍，尤其是最為老舊的立花莊，盡量多拍幾張。」

接下來的幾天，我被分派到的任務只有一件。

翔也的慶生會順利決定將在立花莊舉行。翔也的媽媽——森川太太得知這個消息後十分驚喜，同棟樓的鄰居也相當期待一起享用柏克萊主打餐點的咖哩外燴。

順帶一提，柏克萊的柴田老闆，也就是奈緒的父親，居然豪氣十足地將外燴餐費給予五折優惠，說是送給翔也的生日禮物。

柴田老闆表示，翔也從小就是花開小路商店街上的孩子王，對於維繫兒童間的凝聚力有著舉足輕重的地位。

住在同一條商店街上的小朋友未必都很要好，難免有人遭到排斥，還有些小小孩跟不上大哥哥大姐姐們的腳步。翔也總會特別關照這些落單的孩子，帶著他們和大家玩在一塊。多虧他的細心，目前住在商店街上的中小學生相處融洽，進而促進了鄰居間的情誼。而這種和樂融融的氣氛對於商店街的存亡有著重要的相關性。

我按照舅舅的指示，負責天天「拍攝商店街上的老東西」。

如果有人問起：「你在做什麼？」只要回答舅舅事先幫我準備好的答案：「我想為古老的

景物留下紀錄。」

雖然不知道為何而拍，但我並不討厭攝影。在每天尋找老東西的過程中，也漸漸培養出趣味。商店街上多得是「美得像一幅畫的老東西」。比方赤坂食堂的店面依然維持著開幕當時的原貌，以黑白照片呈現更是別有一番風情。拍著拍著，我的攝影技術似乎跟著精進不少。

不久，商店街上的人都知道我到處拍照的事了，紛紛告訴我值得拍攝的標的物。有人建議韮山花坊美麗的樓房，有人提供大學前書店後面那條巷弄有座古井，還有立花莊房東的蜂屋先生要我別客氣，進去裡面盡情拍下每一個角落。

我頓感豁然開朗：啊，就是這個！

只要拍下立花莊的內部照片，就能幫忙北斗預先畫好平面圖，有助於當天裝設針孔攝影機。雖然北斗自己也能從外面拍到內部屋況，舅舅為了盡量避免引發騷動，採用迂迴戰術，囑派我到街上攝影。

想想，我的確是執行這項任務的最佳人選。

若是久居此地的舅舅、北斗或奈緒拿著相機四處猛拍，必然會啟人疑竇；但是闊別家鄉十多年的我隨處留影，大家都能諒解那是一個遊子對花開小路商店街的思念。

原來舅舅是這層用意。

在公寓裡拍攝時，剛巧遇到了西原夫婦。那是一個傍晚，我正在拍走廊，這天休假的夫妻倆從屋裡走了出來。他們事前已從房東蜂屋先生那裡聽說了我拍照的事，因此笑著和我打了招呼。

看起來只是一對平凡的夫妻。

西原和彥先生與詠美太太。我沒有詢問年齡，看起來大約介於三十五到四十歲之間。他們說，知道奈特咖啡館很久了，只是一直沒機會造訪，下回會去租借影片。交談過程中沒有絲毫異狀。

在立花莊拍攝的照片，當然全部交給北斗了。

慶生會當天，我同樣只能打打雜。

我根據奈緒的指示，拉著手推車到柏克萊，把鍋碗瓢盆和桌子等物品運往立花莊後依言擺放，然後以白色襯衫搭上黑色長版圍裙的模樣，為公寓住戶盛飯添醬。

翔也和小菜是一對令人不禁露出微笑的可愛小情侶。尤其是翔也，雖然覺得不好意思，還是很有禮貌地向立花莊的鄰居一一致謝。

生日蛋糕是小菜的姐姐，也就是我的同學美波親手做的，而且成品有模有樣，顯然是個烘焙高手。留依盯著那個蛋糕兩眼放光，還央求美波下回教她做。

小淳刑警也專程到場了。

他笑著說，所幸當天沒有發生什麼重大案件，可以準時下班。我從沒想過原來警察也有準時上下班這回事。仔細想想，警察也是公務員，當然有規定的勤務時間。除了翔也以外，立花莊的多數住戶都是第一次和小淳刑警見面交談，免不了輪流交換各自的背景資料。

對於同樣以幫手身分前來的北斗，我心裡時時刻刻掛念著他的進度，總忍不住想確認他目前的所在位置。可是這裡有不少老住戶，特別是房東蜂屋先生和我媽媽相識多年，我們聊了不少往事，結果根本無暇確認北斗是否順利安裝了針孔攝影機。

到場的賓客幾乎都是成年人，後來還喝起酒來，歡樂的時光彷彿將永遠持續下去。不過今天的主角畢竟是小朋友，大家看看時間覺得差不多了，不到八點就結束了這場派對。很多人都過來向義務幫忙的仁太舅舅和我道聲「辛苦了」。經過這場慶生會，大家一下子熟稔不少。

三毛小姐、佐藤家、服部小姐、西原夫婦、森川太太、野崎小姐，以及房東蜂屋先生。姓名和相貌都能對上了。往後在路上遇到，應該都可以笑著寒暄兩句。

所有人都相當平凡——至於何謂平凡的定義，或許有待討論——總之，大家看起來都很平凡，沒有任何一個住戶令人起疑、厭惡或覺得莫名其妙的。

收拾完後，北斗和奈緒推著手推車回去柏克萊。他們接下來還得忙著清洗鍋具，我們說好了詳情之後再談，在拱廊入口處道別了。

舅舅和我回到了奈特咖啡館。晚上八點多了，街上仍有營業的店家，也有往來的行人。這件事不方便在大街上邊走邊講，我只好一路忍到拿鑰匙打開奈特咖啡館的玄關大門進去，等候嚷嚷著累死人啦的仁太舅舅一屁股坐進沙發之後，這才開口詢問：

「結果成功了嗎？問過北斗了嗎？」

「哎……」舅舅說，「別急。很少像這樣忙得團團轉，挺累人的，先喝一杯緩一緩。來杯威士忌吧，今天想喝 SUNTORY OLD，加冰塊。」

「遵命遵命。」

我進去備餐區拿起威士忌酒瓶，倒入裝著冰塊的玻璃杯裡。舅舅則利用這段空檔挑了片DVD放進播放器，電視螢幕頓時亮了起來。

「在看哪部？」

「《刺激》。」

又是一部老電影。印象中是一部經典的詐欺犯罪片。主角是保羅．紐曼和勞勃．瑞福。我原本就很少看這類型的電影，回到這裡以後增長了許多相關知識，也看了相當多影片。

「酒來了，請用。」

「喔。」

我將舅舅的酒杯擱在桌面。今晚為自己調的是兌水威士忌，喝了一口後又追著問：

「所以呢？」

「嗯。」

舅舅慢慢點頭。螢幕上出現的是美國昔日的一處街景。總覺得那個時代的男士穿起西裝特別帥氣。

「我猜，針孔攝影機應該沒有安裝成功。」

「失敗了？」

果然不出所料。

「不盡然，或許有一個成功了。留依家的那個可能順利裝上去了。反正稍後會接到北斗的聯繫。總而言之……」舅舅緩緩地往後靠向沙發背。「一切都已按照計畫進行。接下來只要等就好了。」

「只要等就好了……等什麼？」

「還用問？當然是等三毛貓來告訴我們留依已經接受了『爸爸不會再回來了』的事實。」

不懂。

「壓根聽不懂。講清楚說明白嘛！」

「算了。」舅舅輕輕搖搖頭。「不懂也罷。」

「為什麼不懂也罷？」

「那間屋子裡發生過什麼事，最好誰都不知道，包括公寓的住戶在內。」

我又喝了一口兌水威士忌，放下酒杯。

「舅舅，可以麻煩您詳細說明嗎？」

「這個嘛……」舅舅也放下酒杯，點了菸。「三毛貓很早就說過立花莊的住戶相處融洽，這一點你在慶生會上也感覺到了吧？」

「感覺到了。」

他們真像是一群好朋友。

「在這個前提下，再加上三毛貓的敘述，那麼即使住在那裡的每一個人偶爾都會去看一下留依的情況，也沒什麼好奇怪的吧？」

「是啊。」

確實沒錯。留依和鄰居叔叔阿姨講話的態度很自然，也能隨意進出每一家敞開的大門。

「小望，所以說……」

「嗯？」

「如果所有的鄰居晚上都挑自己方便的時間去看看留依，難免會有同時去了好幾戶的狀況。孩子已經睡著了，也不好在那裡聊起來。況且各有各的生活模式，總不能天天撥空去探望別人家的小孩，一忙起來也可能忘得一乾二淨。可是一個小女孩在家裡自己睡，實在令人掛心。你說，是不是？」

「是啊。」

我點頭。的確如此。

「麻煩鄰居三天兩頭來探看留依，美登里太太心裡也非常過意不去，總想著該怎麼報答這份恩情。應該可以看出她為人很客氣吧？像這樣彼此費心，長久下來形成一種壓力，讓人疲憊不堪。如此一來，你認為這些好鄰居會想到什麼呢？」

「想到什麼？」

「假如你是立花莊的住戶，為了減輕美登里太太的心理負擔，並且保有自家的生活模式，該怎麼做？有什麼方法？」

該怎麼辦才好。

方法？

「我知道了！排班！」

啪的一聲，舅舅雙手一拍。

「就是這個！除了美登里太太以外，立花莊的住戶有三毛貓、佐藤家、服部小姐、西原夫婦、森川太太、野崎小姐，以及房東蜂屋先生。瞧，剛好七組。」

七組。

如果一組負責一天……。

「一星期！」

「對！正好一星期去探望一次就行了。反正只是去看一眼孩子是否安安穩穩地睡覺，完全不會影響到原本的生活節奏。況且大家都是好鄰居，要拿到大門的鑰匙也不成問題。既然年輕又單身的三毛貓會在留依睡覺前陪她玩一玩，看著她上了床、道了晚安才離開，那麼西原夫婦很可能也會向房東蜂屋先生借鑰匙去確認留依是否乖乖睡著了。這就夠了，也不至於造成美登里太太的心理負擔。換句話說，這樣的安排對立花莊全體住戶的生活再好不過了，甚至好到不希望讓任何外人來打擾，彷彿不容許沾上一丁點髒汙的那般純粹無瑕與美好。」

我懂了。

我終於完全懂了。

「舅舅曾經說過吧？憑三毛小姐的能力足以輕鬆處理，卻把這個問題帶來託舅舅解決。」

「你說對了。」舅舅頻頻點頭，呼出菸氣。「三毛貓不希望被立花莊的任何人發現她已經察覺到那個詭異的鬼爸爸了，所以才來拜託我幫忙。……小望，你聽好了。」

「嗯？」

「我無意藉機炫耀，但奈特咖啡館向來以『商店街的守夜人』自詡。目前身為咖啡館一員的你，忽然前往毫無淵源的立花莊拍照，不久更舉行了前所未有的盛大慶生會，赤坂食堂的小淳還特地出席，並與絕大多數都是初次見面的所有住戶逐一寒暄，也進去他們家裡了。別忘了他可是這一帶名氣響叮噹的現職刑警。」

「是啊。」

「你想想，萬一，我是說萬一，立花莊的住戶中有人行為不檢或做了虧心事的，你猜這個人會不會頭皮發麻？」

「肯定發麻！」

行為踰矩或是問心有愧的人，無時無刻都會在意別人的眼神。就算是微不足道的小事，也會讓他們終日惶惶不安。

我能夠體會。

儘管現在已經不覺得自己是同志這件事等於不檢點或是虧心事，無奈這個世界還有許許多多會對此在背後指指點點的人。

所以，我依然處處小心，因而能夠體會類似處境者的心情。

「大家都曉得小淳刑警和三毛小姐是男女朋友。行為端正的人，即使看到他來到慶生會也不會覺得奇怪；但是行為不檢或有虧心事的人，一定大驚失色，懷疑他今天來做什麼？肯定會疑神疑鬼地猜測恐怕是事跡敗露了、被人察覺異狀了。」

「對吧？」

「原來這才是舅舅真正的目的。不是要解決狀況，而是讓對方停止心懷不軌的行為，是不是？」

仁太舅舅緩緩點了頭。

「我們只是平凡人，並非解決疑難雜症的聰明人，機關算盡亦枉然。所以，只要稍微提醒一下就夠了，之後的事，只能祈求對方良心發現囉。」舅舅輕呼一口氣，笑了。「畢竟是鄰居，還是希望能夠互信互諒，不是嗎？」

「是啊。」

世上不可能個個是好人。只能期盼可以成為如此美好的世界。

「舅舅的意思是，假如真有人心懷不軌，希望他就此罷手，是吧？」

「就是這樣。再過一陣子，嗯……等到留依告訴三毛貓『爸爸不能再來看我了，他說會在天上守護我，然後就消失了』，那就大功告成了。事情的真相並不重要，只要當事人的問題能夠得到解決就好。」

「還有另一點。」

「嗯？」

「我剛剛想到，說不定三毛小姐之所以請舅舅幫忙還有另一個理由，那就是不願意被小淳刑警發現自己私下採取行動排解困擾。」

仁太舅舅聳聳肩。

「領悟力愈來愈高囉。或許真如你的推測，然而事實為何，我們依然無從得知。假如三毛貓期盼和小淳刑警結婚過上幸福的日子……我是說假設喔？」

「嗯。」

「或許三毛過去一直在暗中從事某些活動，並且悄悄解決了不少類似這次的事件。就像電視影集裡的祕密偵探，或者擁有某種不為人知的身分。問題是，小淳是個優秀的刑警，稍不小心就會被他嗅出一絲不對勁。因此，很可能自從她決定和小淳交往之後，就再也不以身涉險了。」

「也就是變回一個平凡的女生了。」

「就是這麼回事。」舅舅笑了。「不過，以上純屬臆測。」

嗯，我明白，就當是這樣吧。

六 終極追殺令（Leon: The Professional）

聽說季節交替時容易生病。尤其是在酷熱的夏季接近尾聲、初秋涼意輕拂的時節，有些人會忽然出現夏日疲勞症候群，渾身倦怠，無精打采。

仁太舅舅正是其中之一。平常連個小感冒都沒有，可是每年九月一到，天氣轉涼，這時他就會沒來由地變得懶洋洋的。

「從我上小學時就是這毛病了。」

奈特咖啡館二樓是仁太舅舅和我的私人空間。實際上真正的私人空間只有位於尾端那兩個充當臥室的小房間，其餘的部分仍做為酒吧或咖啡廳使用，熟識的親友皆可直接上二樓聊天。

「那不就常常被誤會是偷懶了？」

「是啊。我小時候社會的主流文化是只要努力必能克服一切困難，所以從小到大數不清被父母和老姐罵過多少次，要我別再裝病了。」

抽著菸的舅舅躺在牆邊長凳上，身上穿的不是慣常的簡便和服，而是成套的條紋睡衣披著一件帽T。

「回床上睡吧？」

「沒累到想睡。親愛的外甥，這種夏日疲勞症候群還真是頑強的對手哩！」

人活著難免會有像這樣從頭到腳提不起勁的時候。身為平日蒙受母舅大人關照的甥兒，總該準備一些補身益氣的營養膳食。

「今天晚飯想吃什麼？加入大量辛香料的咖哩飯？還是餡料蒜頭多多的煎餃？」

既然不是胃痛，或許可以吃這一類促進食欲的東西。

「唔……」舅舅想了想。「我想吃熱騰騰的蕎麥麵。」

「蕎麥麵？」

「鴨肉的。蔥段鴨肉蕎麥湯麵。」

「想吃蔥段鴨肉蕎麥湯麵？」

我沒煮過，應該不難。把蔥段和鴨肉煎炒一下，再放入蕎麥麵煮成一碗湯麵就完成了。

「不會要求我從蕎麥粉擀成麵條開始做起吧？」

「外面賣現成的就行。肯定比外行人擀的蕎麥麵來得好吃一百倍。」

「遵命。」

星期天的下午三點。這個時間差不多該決定晚間的菜單，出門採買回來趕緊備料了。

既然舅舅要吃蔥段鴨肉蕎麥湯麵，不如將今日特餐訂為橙香烤鴨吧。商店街上的肉鋪大概沒有那麼多鴨肉可買，雞肉多放一些就好，反正都是禽畜肉，這道菜就命名為「橙香雞鴨套餐」。要是肉量還是不夠，不妨再加點豬肉變成「橙香雞鴨豬套餐」。啊，對了，把湯品從味噌湯換成一小碗湯多麵少的蔥段鴨肉蕎麥湯麵，讓整份套餐的搭配更佳完整。好，決定了，今日特餐就是「蔥段鴨肉蕎麥湯麵與橙香烤雞組合套餐」。

我在想菜單的過程十分隨興。說是隨興似乎有點對不起上門的顧客，總之不會受到框架的限制，只要美味可口，任何食材皆可入菜。如果過度拘泥於不能和商店街上其他餐廳的菜色重複難免會綁手綁腳的，總之把重點放在獨樹一格的風味就好了。

我向舅舅說聲出門買菜了，走下樓梯剛踏出店門，有個從商店街轉進巷子裡的女孩身影頓時映入眼簾，我不禁停下了腳步。

是她。

那個鎮上知名女校的榛學園女子短期大學部的學生、名叫澀澤結衣的女孩。

就是時不時會在仁太舅舅後面追著跑的那個神祕的女生。

奇怪的是，她從來不曾進到店裡。既然經常跟在舅舅後面，理應知道咖啡館的位置。或許因為營業時間在傍晚過後，正常學生或者說規規矩矩的學生不容易鼓起勇氣踏進這家另類的夜店吧。

這位澀澤結衣同學，真是個長相秀美的女孩。

她並不屬於傳統標準所界定的美女，但從五官、身材到氣質，無一不美，或者可以形容為端正秀麗，從裡到外相當符合日本人喜歡的完美比例。

結衣也看到我了，先是愣了一下，放慢了腳步，隨即下定決心般朝我奔了過來，長度及肩的烏黑秀髮隨之搖曳。服裝是白色窄管牛仔褲和黑色帽T，比起一般大學女生出門的精心穿搭顯然太過樸素了。身上的衣服乾淨整齊，彷彿只是臨時出來買個東西就回家了。

「請問一下！」

她面露堅決的神情看著我。

「有什麼事嗎？」

「您在奈特咖啡館工作吧？」

「是的。」

「請問仁太先生在店裡嗎？」

問完這句，她旋即將嘴脣抿得緊緊的，直勾勾地盯著我看。

「在是在，只是有點……」

「有點什麼？」

「有點不舒服，正在休息，所以不方便見面。」

其實見個面並無大礙，只是結衣貌似來勢洶洶，我故意描述得比較嚴重。

她必定基於某種理由才會對仁太舅舅緊追不捨，而仁太舅舅也明明知道那個理由卻絕口不提。這個僵局讓我心生畏懼，彷彿是一只不能揭開的潘朵拉之盒。

結衣微微張嘴又闔上，用力吸了一口氣。

「聽說您是仁太先生令甥。」

身分是沒錯，只是沒想到一個年紀輕輕的女孩居然懂得用「令甥」的稱謂，禮儀真周到。

「是的，我叫堂本望。」

「幸會，敝姓澀澤，名為結衣。」

她雙手併攏貼於身前，朝我恭恭敬敬地鞠了躬。鞠躬的姿態頗為古風。我不認識其他榛學園的女學生，不曉得這是不是來自學園教師平日的諄諄教誨。我想應該是校方的教育方針吧，畢竟那裡從很久以前就是名門女校。

「太客氣了。」

結衣抬起頭來看著我。

「堂本望先生，請問您和仁太先生一起住在奈特咖啡館嗎？」

「是呀。」

「那麼，您對令舅仁太先生是否知之甚詳呢？我的意思是……」她支支吾吾，猶豫著該怎麼說才好。「對於仁太先生的人生經歷，無所不知。」

「無所不知……」

我不禁有些困惑。才初次見面，這樣的談話內容未免太過深入了。結衣似乎也察覺到這一點，趕緊又向我鞠了躬。

「對不起！我太冒失了！」

「喔，沒關係。」

我不認為她有惡意，也不像個壞女孩。從外表上看來，她是個行為端正，甚至可以說是拘謹嚴肅的女生。愈是一板一眼的人，一旦著急起來，難免反應過激。

「總歸是親舅舅，在某種程度上還算了解。妳想知道舅舅哪方面的事呢？」

結衣又一次將嘴脣緊緊抿成一直線，打量了一下四周。

「不太方便在這裡談。」

不難想見她有難言之隱。可是舅舅正在二樓睡著，要是貿然帶她進咖啡館詳談，恐怕又會被舅舅責怪我多管閒事了。

我不太敢過問這個女生對舅舅窮追不捨的理由，卻又好奇得要命，忍不住想趁舅舅不在場的時候問個清楚。

「這樣的話……」

「您請說。」

「我現在要去買菜，找一些奈特咖啡館晚間特餐的食材。如果有空，等我買完菜後應該可以抽出一點時間跟妳談一談。」

「真的可以嗎？」

「可以啊。」

我對她笑了笑。或許她有點奇特，但我總不好拒絕一個女學生嘛。

要是被商店街上的人撞見我和結衣走在一起，難保不會謠言四起，說不定還會傳入舅舅耳裡。可是花開小路商店街上又沒有其他飲料店或咖啡廳可以讓她在那裡等候。左思右想，還是傳了訊息問北斗在不在，他說已經下課回來了，於是請她到松宮電子堂後面等我。

以前北斗從早到晚待在店裡做事時，後方那塊空間是北斗的維修間，也是這附近的老人家們休閒的好去處。因此，那裡擺著利用廢棄材料做成的簡陋椅凳和桌子，上方還有搭帳覆頂。北斗上大學之後，原本常聚在那邊的老人家也就逐漸少去了。

我快速買完菜，把肉類塞進冰箱，趕緊衝到松宮電子堂。考量後續備料的時間，大概沒法陪她聊太久。

繞到店鋪後方一看，結衣坐在電纜木軸充當的圓桌前。在她後面的北斗忙著做事。

「久等了，不好意思。」

結衣向我點了頭。

「北斗，抱歉，打擾你工作了。」

「一點也不礙事。喝咖啡？」

「謝謝。」

我想先問問北斗，於是跟著他進了後方的工作區。

「她說什麼了嗎？」

我低聲詢問，北斗搖搖頭。

「什麼也沒說，打了招呼而已。她不喝咖啡，所以我端了茶給她。」

北斗也聽說過結衣經常跟在仁太舅舅後面的事。

「那我們等下再聊。」

「嗯。」

北斗點頭，把咖啡遞給我，戴起耳機坐回電腦前。我猜這個動作是向結衣表示他不會聽我們兩人的對話。不過，以北斗謹慎的行事作風，這地方應該安裝了收音設備，我猜他會暗中監聽。

「好的。」

「好了，」我喝了一口北斗沖的咖啡。「時間不多，我就開門見山直問了。」

神情嚴肅的結衣看著我。

「我想知道妳和我舅舅有什麼關係？在哪裡認識的？妳住在附近嗎？」

我實在想不出他們之間有任何交集。結衣隨即輕輕點頭，想必已有心理準備會被問到這些事了。

「那個……」

「嗯？」

「請先恕我失禮，接下來的談話或許我的態度會有失分寸。」

有失分寸？

「什麼意思？」

「雖然是我想向您請教仁太先生的事，但如果您對某些背景資料並不知情，那麼請恕我無法回答任何問題。」

我想了一秒。

「我明白了。」

她的意思是，假如無法得到所需情報，和我交談也就毫無意義。這個想法合情合理。

「請問您能否接受這項前提呢？」

「可以。」

結衣又將嘴脣緊抿成一直線了。這或許是她的習慣動作。

「首先，我不住在這附近，家在八頭町。」

原來住在八頭那邊。離這裡不遠，搭巴士也就五分鐘左右。

「我是榛學園短期大學部的學生。」

「嗯。」

這個我知道了。

「還有，」結衣看著我的眼神中帶著試探。「家父姓權藤。」

咦？

權藤？

「該不會是那位當刑警的權藤先生吧？」

「就是他。」

我有點訝異。沒想到那位權藤先生有這麼可愛的女兒？

話說回來，我對權藤先生幾乎毫無所知。

只知道他是舅舅的高中學長，兩人在紐約見到後變熟了。另外，他和赤坂食堂的小淳刑警隸屬於同一個分局，外表看來是個不起眼的中年男人，事實上是一位相當出色的刑警。身為咖啡館的從業人員，對一名顧客知道這些背景已經太多了。

「呃，不好意思，可是兩位的姓氏不同……」

結衣點了頭。

「家父家母離婚了。澀澤是家母的姓氏。」

原來如此。她用的是母親的姓氏，表示尚未再婚。

「還有，仁太先生是家父權藤隆文的救命恩人。」

救命恩人？

我發覺坐在那邊的北斗肩膀似乎顫了一下。果然在偷聽。

「那是怎麼回事？」

可以感覺到直視著我的結衣忽然洩了氣，輕輕呼了一口氣，也可能是嘆氣。

「對不起，如果您不知道那件事，我就不能再說下去了。」她向我低頭致歉。「非常抱歉，耽誤您寶貴的時間了，真的很抱歉。方便的話，希望請將與我交談的內容代為轉告仁太先生。」

結衣起身，再次恭敬地鞠了躬，就這樣快步離開了。我愣在原地望著她離去的身影，北斗走過來坐了下來。

「有點意外啊。」

「嗯。不過，你果然在聽我們講話。」

「抱歉。」北斗苦笑。「不是故意偷聽的，凡是在這個空間裡說出來的每一個字都會清清楚楚地傳到我的工作區。」

「是哦？」

「你看，」北斗伸手指向頭頂上的帳篷。「這裡有一個，那邊還有一個。」

他指著上方我沒看過的某種又大又圓的機械零件，類似拋物面天線。

「透過聲波的反射，可以聽到所有的對話。」

「你是為了這個目的而裝設的？」

「沒錯。」

那就是偷聽嘛。

「先不說那個了。她剛才說的事……」

「嗯……」

我們互看了一眼。

「你知道嗎？」

北斗皺起眉頭。

「我哪會知道啊。以前跟你提過，仁太先生是這條花開小路商店街上的謎樣男子。」

「說得也是。」

結衣是權藤刑警的女兒。好，這部分我知道了。既然有這層淵源，她會認識仁太舅舅也就沒什麼好奇怪的了。

可是她又說了舅舅是權藤先生的救命恩人……。

「她說舅舅救了她爸爸。」

「是啊。」北斗點頭。「雖然有點意外，但這是好事，不必擔心。」

「的確不必擔心。」

舅舅曾經救人一命。可是眼下的問題不在那裡。

「假如不知道舅舅救過她爸，就不能進一步問她究竟有什麼事要找舅舅。你想得出原因嗎？」

我問北斗。他歪著腦袋納悶。

「完全想不出來。只覺得這個女生莫名其妙。」

「你也這麼覺得吧？」

她到底想要什麼呢？答案恐怕只能問舅舅了。

「咦？」

我不禁驚呼一聲。時間是晚上七點半。今日準備的三十份奈特咖啡館晚間特餐已經賣出二十份，問題是通常過了這個時段就沒什麼客人上門了。正煩惱著備料太多，還剩下的十人份該怎麼吃掉、明天的特餐該怎麼運用這些食材時，忽然有人推門而入。進來的這一位顧客嚇了我一跳。

「辰爺爺！」

赤坂食堂的辰爺爺露出有些尷尬的苦笑，走了進來。他略微欠身，揚起右手當作打招呼。身上那件留有歲月痕跡的深褐色夾克頗為質樸。

「坐櫃臺可以嗎？」

「當然可以，請坐請坐！」

辰爺爺費勁地落坐於高腳凳。

「啊，這裡坐著不舒服，還是要換到桌座那邊呢？」

「不了，沒事的，用不著把我當老頭子看待。」

「您不在店裡沒關係嗎？」

我記得赤坂食堂是八點半關店。如果客人還沒離開，九點過後仍然繼續營業。

「今天提早打烊。」

「提早打烊？」

辰爺爺點了頭，從夾克口袋裡掏出菸點了一支。

「你不知道啊？通常每個月會提早打烊一次，晚飯到外頭吃。老是吃自己煮的會膩哩。」

「喔，是這樣啊。那麼，梅奶奶呢？」

「家裡那口子和三毛上別的地方吃嘍，說是去隔壁鎮。」

原來如此。三毛小姐陪著梅奶奶外出用餐，可見兩人相當親密。

「認識這麼多年了，從沒在這裡吃過一頓飯。小望，你做的飯菜風評不錯喔。」

「真的嗎？謝謝您。那麼，送上今日特餐好嗎？」

「好，麻煩你了。」

「主菜是肉，可以嗎？」

「老年人得吃些肉才好！不過，銀舍利少一點。」

「好的。」

之前聽說過，銀舍利就是白米飯的意思⑥。

---

⑥二戰結束後日本糧食匱乏，民眾將珍貴的白米飯比喻為佛教聖物的舍利。

辰爺爺朝店裡打量了一下。

「仁太不在嗎？上哪去了？」

「他在二樓睡覺。」

舅舅早前吃完合口的蔥段鴨肉蕎麥麵了。至於結衣的事，得等到深夜才有時間轉述了。

「身子不舒服？」

「好像是夏日疲勞症候群。聽說舅舅每年到了這個季節總會這樣。」

辰爺爺苦笑了。

「這麼說來，治郎那傢伙也是每逢換季就會感冒哩。」

辰爺爺口中的治郎是我外公，仁太舅舅的父親，就住在咖啡館後面。對了，辰爺爺和外公年紀相近，兩位想必相識。

「你有沒有去探望治郎呢？」

「有呀。」我一邊做蔥段鴨肉蕎麥湯麵與橙香烤雞組合套餐，一邊回答，「天天都會過去看看外公外婆，每個月陪他們吃兩三頓飯。媽媽也叮嚀我要去探望兩位老人家。」

「這樣啊。真樹過得好吧？」

「很好。媽媽別的不多，就是活力充沛。」

辰爺爺笑了。

「沒錯！真樹的豪氣賽過男子漢哩！」

好像真是如此。舅舅也常說：我家老姐天下無敵！

身為孫兒的小淳刑警非常高，但辰爺爺沒那麼高，目測一七〇左右。不過，他應該有七十五歲了，以那個年代的人來說，算是相當高大了。

他吸著菸，攤開擺在櫃臺上的報紙讀了起來。那身影充滿堅毅。

仁太舅舅以前說過，在商店街的耆老之中，辰爺爺堪稱「地下首領」。他沉默寡言，並未握有重權，卻擁有無比的存在感，發言具有一定的威信。

我記得仁太舅舅也提過，辰爺爺雖然還十分硬朗，遲早總會迎接那一天的到來。若是赤坂食堂從此消失了，對商店街可是沉重的打擊。

「久等了，為您上菜。」

「嘿，勞駕嘍。」

辰爺爺仔細地疊回報紙擺到旁邊，拿起濕巾將手擦淨，合掌說聲開動了，這才持筷夾起一塊鴨肉送入嘴裡。

「唔……」辰爺爺露齒而笑。「高湯不是買現成的，而是自家熬的！」

「舅舅交代，這個步驟絕不能省。」舅舅說，高湯是日本人的食物靈魂。目前市售的鮮美高湯多不勝數，但終歸比不上親自熬製的滋味。

「任何事情都該從最開始一步步做才好。享清福是上了年紀的事。」語畢，辰爺爺嚐了淋上橙汁的雞肉。心裡分明知道對方是鄰居爺爺，但一想到資深廚師正在品嚐自己做的菜，還是免不了一陣緊張。

「好吃！」

「謝謝您的稱讚！」

「唔。」辰爺爺點頭笑了。「我不說客套話。真不簡單，沒向人學過菜吧？」

「是的，只是喜歡烹飪而已。」

「味覺真靈敏。你得感謝真樹唷。」

「感謝我媽媽？」

「是啊。」辰爺爺又夾起一塊肉送進嘴裡，說道：「必須感謝母親讓你從小吃的都是些好東西。即使不是山珍海味，也是真材實料加上恰到好處的調味，所以你才懂得什麼是真正的美味，並且將那種滋味複製出來。」辰爺爺邊嚼邊使勁點了頭。「有這樣的廚藝，一定能讓奈特咖啡館高朋滿座！只是……」他說著，往店裡看了一圈，苦笑起來。「這地方恐怕沒法變成餐廳吧。」

「大概不行。」

我還沒做好心理準備，也尚未下定決心留在這裡全心全意為客人烹調出一道道佳餚。

「仁太那小子也一樣。」辰爺爺吸了一口蕎麥麵後說道，「待在這裡未免太糟蹋才能，可是他喜歡過這種日子，旁人也不好說什麼。」

「您說得是。」

辰爺爺是看著仁太舅舅出生長大的。

「對了，權藤先生是赤坂食堂的老主顧了吧？」

「權藤先生嗎？讓我想想。」辰爺爺抬眼思索。「前前後後大概五、六年，不，有個七、八年了，應該還不到十年吧。權藤先生怎麼了？」

「我見到權藤先生的千金了。」

「這樣啊。」辰爺爺略微瞪大了眼睛。「聽人說他離婚了。他經常一臉慈愛地提起寶貝女兒。那個小姑娘常來這附近嗎？」

「好像有些事要找舅舅。」

「找仁太那小子？」

辰爺爺納悶地瞇起眼睛。

「我不知道是什麼事，打算稍後問舅舅。」

「這樣嗎……」辰爺爺沉吟著，嘴脣微噘。「權藤先生和仁太那小子讀同一所高中，兩人大概有些過往吧。」他將最後一塊肉送進口中，邊嚼邊想。「……我說小望啊。」

「您請說。」

「那個……」說著，辰爺爺朝天花板瞟了一眼。「你打算一直待在這裡和仁太那小子一起打理這家店嗎？」

「還不確定。暫時照這樣待在這裡。」

「既然如此，」辰爺爺看著我。「你得先做好覺悟。」

「做好覺悟？」

「對。」他點了頭。「仁太那小子雖然現在過著不問世事的生活，以前大概經歷過一段殘酷的日子。也許有一天，你會和他一起目睹那個場面。」

「殘酷的日子……」

「到時候，你可得腳底抹油快溜，別礙了仁太的事！」

「什麼樣的事呢？」

辰爺爺擱下筷子，咧嘴笑了。

「那我可不知道。我只曉得，那小子和我一樣，是在泥地裡打滾過的男人。」

「呵呵。」舅舅把手從衣襟裡抽出來，笑了。「辰伯伯來過了?真難得。」

「他說是自己第一次來這裡吃飯。」

「我不是指那個。」

晚間十點多。脫去睡衣換上簡便和服的舅舅下樓，來到了如同往常一個客人也沒有的咖啡館裡。他說吃了我做的蔥段鴨肉蕎麥湯麵以後，精神好多了。

接著，舅舅以有益於滋補養身的名義，喝了一種格羅格酒，也就是蘭姆酒兌水。我沒聽過這種雞尾酒，問了調製法，原來是用黑蘭姆酒和檸檬汁加上砂糖，再依各人喜好摻點肉桂或丁香。

「不是指那個？」

「辰伯伯不會把自己的事告訴別人。」

「自己的事？」

我想不起來辰爺爺說過什麼關於自己的事。

「說過了啊。他不是說了『那小子和我一樣，是在泥地裡打滾過的男人』嗎？」

「的確說了。」

「這不就等於他承認自己也曾經歷過一段殘酷的日子嗎？」

「對喔！」

原來是指這個。見我頻頻點頭的模樣，舅舅笑了。

「你什麼都沒有感覺到嗎？」

「感覺到什麼？」

「就是所謂『殘酷的日子』是什麼意思。」

「沒啊。辰爺爺和舅舅活了那麼多年，難免碰過算得上是殘酷日子的試煉。」

「真受不了你。」舅舅笑著，喝了一口格羅格酒。「又弄錯了。你不知道辰伯伯年輕時是做什麼的吧？」

「不知道。不是廚師嗎？」

我聳聳肩。

「這不是祕密，商店街老一輩的人都知道，告訴你也無妨。他曾經是江湖中人。」

「江湖中人？」

這意思是……

「流氓？」

舅舅先是點頭，接著搖頭。

「到底是還不是？」

「那是很久以前的事，超過半世紀了。而且那個時代有一群男人是秉持著真正的俠義之道。你懂得俠客的意思嗎？」

「不太懂。」

「去 Google。」

我掏出手機，上網 Google。

「『濟弱鋤強。遇人有難，不惜犧牲亦要助人脫險。講義氣，輕生死』。太酷了！完全是男人中的男人！」

「這就是俠客這個詞彙的原意。有些男人被社會的正規組織排擠在外，不見容於世，只好轉而棲身於另一個灰暗的世界。這樣的人不在少數，辰伯伯就是其中之一。聽說他背上有一幅『騰龍』的刺青圖。」

「是哦？」

我從沒聽過這件事。難怪辰爺爺的一舉一動無不散發著堅毅的氣息。

「咦？這意思是，舅舅也曾經待過那個世界嘍？」

「怎麼可能！」

沒待過喔……。

「你以為我是那麼強悍的男人？少開玩笑了。萬一遇上凶神惡煞，管他旁邊有誰在，我立刻啟動馬赫的飛速逃之夭夭！」

「那，『一樣是在泥地裡打滾過的男人』，又是什麼意思？」

舅舅不解地皺起雙眉點了頭。

「不曉得辰伯伯對你說那句話有什麼用意……是不是發生什麼事了……」舅舅手環胸前，凝望遠方忖思。「也罷，那個等以後再說。總之，辰伯伯不愧寶刀未老。」

「連一個字都聽不懂。可以麻煩翻譯成大白話嗎？」

和往常一樣，舅舅自顧自地滔滔不絕，偏偏最關鍵的部分隻字未提。

「舅舅，還有一件事。」

「什麼事？」

「我和澀澤結衣說過話了。」

舅舅面露竊喜地看著我笑了。

「向她搭訕了？」

「才沒有呢！」

我照實轉述了和結衣之間的對話，仁太舅舅顯得有些傷腦筋，笑得無奈。

「照這樣下去，距離她直接闖進咖啡廳的那天不遠了。」

「她的神情非常迫切，能夠忍那麼久沒登門已經是奇蹟了。現在總該告訴我她為什麼要這樣緊追不放了吧？」

「嗯……」

舅舅點頭，嘆了氣。那口嘆氣所透露出的沉重彷彿傳達出某種訊息，令我有些詫異。

他起身，走向ＤＶＤ櫃瀏覽片刻，從中抽出一片。

「《終極追殺令》？」

「對。」

是未刪減版。這也是一部紅極一時的電影，連沒看過的我都知道劇情概要。

「為什麼要挑《終極追殺令》？」

「這個嘛……」

舅舅說著，將那片ＤＶＤ，噢不，是藍光光碟送進播放器。機器隨即啟動，影片開始播映，電影公司的標誌出現在螢幕上。這樣一來，就不知道舅舅要到什麼時候才願意開口了。或許是看到一半，也可能要等到劇終。

我打算喝杯咖啡，剛站起來就聽到開門聲，不自覺轉過頭去。

是客人。

「歡迎光臨！」

中年男人，身穿西服，自然的三七分髮型，手提公事包。任誰看了都會認定他是個上班族。身材不高不矮，和一七四公分的我差不多。兩頰凹陷，有些過瘦，不至於病懨懨的。年齡大約是四十幾歲吧。

他先看了我一眼，再望向正在播電影的電視機，開口想說什麼又把話吞了回去。就在這時，舅舅回頭了。

「咦？」

聽到舅舅的驚呼，男人臉上出現了笑容。

「仁太先生！」

「呃……」舅舅說著，慢慢起身。「我記得你是……」

「我是濱崎。我們以前——」

「啊——！」舅舅兩掌一拍。「是小濱！對對對，好久不見！」

「久疏問候。」

「剛下班？等等，我記得你離職後換跑道，去當公務員了？」

這位是濱崎浩輔先生。大約兩年前還在一家東京的電影發行公司當業務員，那時常和舅舅碰面，後來有些緣故而辭職回到位於近郊的家鄉，於當地市政府任職。

我送上咖啡，他客氣地躬身致謝。嗯，果然像個當過業務員的人。

「既然不是來租片的，」舅舅伸出揣在懷裡的右手，撫著下巴笑了。「那就是來申請奈特咖啡館的夜間諮商嘍？」

濱崎先生的表情十分複雜，彷彿為難又煩惱著該從何說起才好。

「事情是這樣的……」

「放輕鬆，不必急著描述詳細的經過，現在先從最後的部分說起。攔河壩得先打開水閘門才能洩洪嘛。」

濱崎先生露出苦澀的笑容。

「仁太先生一點也沒變。」

「人到了年紀沒那麼容易改變。和女人有關嗎？難道是愛上小酒館的女人打算結婚嗎？我記得你結婚了吧？」

「是的，我結婚了，家裡有女兒。」

原來是有女兒的爸爸。

「老實說……」

「嗯。」

「有個高中女生在追求我。」

「什麼？」

高中生？

七　街上的向陽面（On the Sunny Side of the Street）

我和仁太舅舅不由得面面相覷。濱崎先生見狀，直愣愣地看著我們，開口問說：

「呃，請問，是否造成二位的不便呢？」

「沒有不便，只是覺得無論原因為何，一個中年男人能夠受到高中女生的追求，未免太令人羨慕了。」

我真的很想對目前同樣受到女生——雖然不是高中生了——緊追不捨的舅舅說同樣的話，好不容易才忍住了。現在要以聆聽顧客的心聲為優先。舅舅正了神色，點頭說道：

「嗯，既然能聽到這麼有意思的事，我就好整以暇聽你娓娓道來吧。」

舅舅說完，喝了一口格羅格酒。

「請問您喝的是什麼？」

「格羅格酒。基酒是蘭姆酒，可以滋補養身喔。你也別喝咖啡了，喝點小酒比較容易啟齒吧？」

濱崎先生猶豫地側了側頭，接著輕輕點頭。

「好久沒喝威士忌了。自從結婚以後幾乎滴酒不沾了。」

「那麼，先來杯兌水威士忌吧。」

他說想喝波本，於是我用四朵玫瑰威士忌調了一杯。他啜了一口，臉上綻開笑容。

「好喝！」

「你說從結婚之後就沒喝了？怎麼，戒了？」

「也不算是戒酒。我們是先懷孕後結婚，婚後不久孩子就出生了。一方面是想省錢，而且也忙著帶孩子，所以自己決定少喝點。當然，交際應酬在所難免，通常喝的都是啤酒和廉價酒。」

「真是個好丈夫，好爸爸！」

儘管我這一生大概沒什麼機會養育自己的兒女，但聽到一位丈夫積極參與育兒，仍是值得讚許。

「孩子幾歲了？這麼說來，我完全不知道你家裡的事呢。」

濱崎先生點了頭。

「小孩已經上高中和中學了。老大是女兒，老么是兒子。」

我又和舅舅對看了一眼。

「大女兒是高中生……你剛才說，受到高中女生的追求吧？」

「是的。」

「追求你的那個女孩，該不會是令嬡的同學吧？」

「唉。」濱崎先生嘆了氣。「您說對了，就是小女的同學。」

到底是怎麼回事？只見舅舅點起菸，呼了煙。

「好，現在按照順序一件一件慢慢說清楚。首先從是怎麼和那個女生認識的開始。講她的真名，不要用偽稱。你放心，我們絕對不會說出去的。」

濱崎先生喝了一口兌水威士忌，看著舅舅的眼睛，點了頭。

「小女名叫佐奈，佐藤的佐、奈良的奈。」

「好名字，真浪漫！」

我不懂這個名字有何浪漫。濱崎先生僅低頭表示謝意，沒多說什麼。他們結識多年，想必已經習慣舅舅這種沒來由的反應了。

「現在十七歲，高二生。不是身為父母才自誇，她是個好女孩。雖稱不上漂亮，但討人喜歡，善良又溫柔，不僅疼愛弟弟，還會幫忙家務，真的是個好女孩。」

「真令人羨慕，這是你的福報。小望……喔，忘了介紹，這小子是我外甥，叫他小望就好。別瞧他不起眼，其實很有骨氣並且值得信賴，用不著擔心。……而我們這位小濱呢，性格剛強不屈，這樣的氣概在現代社會十分難能可貴。儘管身在組織，一旦認為對方是錯的，管他是上司還是客戶，絕對會追究到底。」

「令人欽佩！」

我點了頭。濱崎先生露出難為情的笑容。既然舅舅這麼說了，絕錯不了。

「不過也因為這個脾氣，結果辭了工作。」

「可是，現在當上公務員了不是嗎？這個鐵飯碗可以保障妻兒無虞匱乏，真了不起。」

「我沒有那麼偉大，只是認真工作，重視家庭而已。」

的確像是這樣的男人。感覺相當忠實可靠。不知道這樣的人為什麼會被女兒的同學追求。

我覺得差不多要進入正題了，和舅舅同樣稍微探出身子等待著。

「事情發生在某一天。請恕這部分我不方便說清楚，總之我和某人去了一家酒館。」

「好。公務員也可以到外面喝點酒嘛。」

「那個人有了幾分醉意，說要去找女孩子樂一樂。」

「原來如此。」

我和舅舅都點頭表示明白了。看來，事態逐漸往那個方向發展了。

「那個人說，這叫見習，屬於體驗民情的一環，與我們的工作內容息息相關。我無法拒絕，只好跟他一起去了某個地方，在那裡見到了兩個身穿高中制服的女生。我們在那裡沒有任何踰矩的行為，原則上只有聊聊天就離開了。」

「雖然原則上只有聊聊天，但是女孩應該主動提供了過度服務吧？例如，可以窺見裙底的小褲褲、看到短版水手服裡面的事業線和水蛇腰、藉口幫叔叔揉揉肩膀而刻意製造身體接觸，甚至把整個胸部都貼上來了。」

濱崎先生雖然面露尷尬，仍是緩緩點了頭。

「的確是這樣。您知道得真詳細。」

「沒什麼，這算是現在的常識了。區區這種程度的服務，隨時都可以找到人幫忙安排。」

真的哦。我不知道還有這種行業。

「那些女高中生是去那裡打工的吧。」

仁太舅舅兀自點頭，從懷裡抽出手來抵著下巴。

「這種服務通常都打扮成女高中生，其實有些人已經是二十幾歲的大學生，更過分的連阿姨也照樣裝嫩。不過，有良心的店家只會聘僱真正的女高中生兼差。」

「這種情況用『有良心』來形容，恰當嗎？」

「從法律角度而言當然不妥，至少就做生意的手段來說，算是有良心了。畢竟店家打著能和女高中生聊天的招牌，而陪聊的女孩也是貨真價實的女高中生。好了，照這樣聽下來，來坐檯的兩個女高中生，其中一個就是令嫒佐奈的同學吧？」

濱崎先生點頭證實了舅舅的推測。我也立刻了解狀況了。

「不僅是同學，更糟糕的是，她還是和佐奈最要好的朋友。」

天啊。連我也跟著皺起眉頭了。

「這麼說，她也認識你是誰嘍？」

「當然。這女孩來家裡住過好幾次了。」

「這個嘛……」舅舅說著，像金田一耕助那樣猛抓頭[7]。「不妙，不妙得很，不妙到了極點。真同情你。」

「簡直糟糕透頂……」濱崎先生也嘆了好大一口氣。「看到她時我還懷疑自己眼花了。對方當然也一樣。哦，您要知道名字吧？」

「那當然。假如你希望我幫忙解決。如果只是想在這裡吐吐苦水，不說名字也無所謂。」

「那個女生名叫內藤梢。」

內藤梢。這名字真可愛。

「眼前突然出現好朋友的爸爸，想必那位小梢同學也嚇了一大跳吧。不過，雙方當場都有默契地對此絕口不提，你沒對那女孩動手動腳、也沒讓那女孩提供額外服務，只是坐一坐就離開了吧？」

「那是當然！我本來就是因為無法拒絕，而只好跟去而已，對那種地方根本沒興趣。好吧，雖不敢拍胸脯保證自己對聲色場所毫無興趣，但服務的人畢竟是和女兒一樣的高中生，光是想到這一點，腦中自然浮現對方父母的身影。同為人父，要是知道女兒在這種地方打工，該有多麼傷心，哪裡還有興致可言呢。」

「我想也是。可以想見你當天一點辦法也沒有，只能回家了。不料後來小梢竟然透過某種方式，央求你在不被佐奈發現的情況下和她見一面，而你也基於希望談談那一晚的事，所以答應了。」

⑦日本推理小說家橫溝正史筆下的名偵探，頂著一頭亂髮。抓頭為其招牌動作。

濱崎先生表情略顯詫異地點了頭。

「確實如您所說。」

「你答應了，並在一個不會被人發現的地方和她見了面。她希望你不要把那件事說出去，你當然也允諾了為她保密。不過，以你一板一眼的個性，想必問了她為什麼要在那種地方打工、是否方便告知緣由、假如遇到困難或煩惱不妨和你商量。可是，小梢拒絕了。非但拒絕，甚至從那天起就日復一日出現在你面前：有時來家裡住，有時算好下班時間堵人，有時要求約會。差不多是這種模式吧？」

「您是怎麼知道的呢！」

我不禁再度佩服仁太舅舅精準的洞察力，以及從談話線索中推敲出事態走向的能力，幾乎足以譽為特異功能人士了。

「怎麼不知道？這種固定橋段實在令人羨慕。」

「那是哪門子的固定橋段啊？」

我無法理解這種事怎麼會有所謂的固定橋段，可是舅舅沒有回應我的反問，只是笑嘻嘻地點了頭。不難想見他現下心情大好。

我認為這是仁太舅舅的一種不良嗜好。表面上自詡為花開小路商店街的守夜人，一陣子沒人來諮商就嚷著無聊，若是有人上門傾訴苦惱則滿面喜色。

換句話說，他似乎有點幸災樂禍。還好他最終仍會為對方解決問題，至於心態有待商榷的部分，也就睜一眼閉一眼了。

「那麼，那個在不良場所打工的小梢有什麼困難或苦惱嗎？」

「我不知道。她不肯說，我也不能去問佐奈。那個年紀的女孩第六感特別強。」

「的確很強。」

或許吧。雖然現在身邊的親友沒人是高中女生，畢竟我才二十四歲，六年前還是個高中生。在那段校園生活中，有過好幾次佩服班上的女同學直覺超敏銳；相反地，也有好幾回覺得班上的男同學怎麼那麼遲鈍。

「你擔心萬一問了女兒『小梢同學是個什麼樣的女孩』，說不定會導致不可挽回的結果吧。」

「是的。」

濱崎先生嘆氣，喝了一口兌水威士忌。我當然沒有那方面的經驗，但是能夠了解身為父親、身為男人的濱崎先生，此刻正面臨著人生的最大考驗。

「目前令嬡沒有表現出異於以往的舉動吧？如果有，代表已經被她發現了。」

「幸好一切正常，算是讓我鬆了口氣。」

「這麼說，小梢並不想把這件事公諸於世。小濱，我必須確認一下。」
「請說。」
「你沒對那個小梢做過任何不軌之舉吧？」
「當然沒有！」
濱崎先生正色回答。
「你和她見過幾次面了？在那個聲色場所碰見之後，把小梢主動找你的次數統統包括在內。」
「我想一想……」濱崎先生望著天花板回想，扳著手指數算。「應該是五次吧。見個面簡短交談過一次、來家裡住過一次、下班時被她堵過兩次，還有假日和佐奈逛街時她突然出現過一次。」
「突然出現？在你們父女出門約會的時候？」
「是的。」
「嗯……」舅舅手環胸前。「原本以為她只求低調處理，沒料到居然鋌而走險。她忽然現身時，態度舉止有何異樣嗎？」
「沒有異樣，與平常一樣。和我在那個不當場所撞見她之前的表現相同，也沒有任何煽風點火的舉動。」

「這樣啊。」

舅舅抽著菸，沉吟思索。我和濱崎先生一起凝神靜待仁太舅舅發表高見。

「到目前為止，你能說的全都告訴我了吧？」

「就是這些了。我實在不曉得接下來該怎麼辦才好，只好來找您商量了。」

「嗯。」舅舅點了頭。「對了，怎麼會想到我呢？真的找不到其他辦法了嗎？其實大可向尊夫人坦白並且一起找出方法，或是和對方的父親取得聯繫共同商討，不是嗎？以我對你的認識，憑你的能力，只要下定決心沒有辦不到的事，難道不是嗎？」

濱崎先生用力點了頭。

「我已經有所覺悟，這件事終究得向內人和對方的父母坦承才行。不過，小梢就住在這附近，我心想或許仁太先生認識她。」

「什麼？」

「啊？」

住這附近？

「怎麼不早說呢！小望，你知道這個內藤梢的爸媽是誰嗎？」

「我哪裡知道啊！」

濱崎先生伸出右手的食指，朝外面指了指。

「她家就在花開小路商店街四丁目那棟矢車大廈的二樓。」

矢車大廈。

聖伯的大廈。

濱崎先生回去了。舅舅建議他在小梢再度出招前暫且按兵不動，我們這邊會盡快調查，想出對策。

可是，濱崎先生離開之後，陷入沉默舅舅並沒有接著看仍在播映的《終極追殺令》，正確來說是他的視線雖然停留在電視螢幕上，其實心不在焉。

「在想什麼？」

「沒什麼。」

沒什麼……？

「真少見。我第一次看到舅舅把話藏在心裡的模樣。」

「是嗎？」說著，舅舅眉頭緊蹙。「該怎麼說呢，沒想到偏偏和矢車大廈有所關連。」

「矢車大廈怎麼了？」

「我啊……」

「嗯？」

仁太舅舅看著我，忽然癟起嘴來，一臉哭喪。

「我一想到聖伯就頭大。從以前就是這樣了。」

「為什麼？」

舅舅只悶哼一聲，沒有回答。我不懂聖伯有什麼棘手的。這位老先生不僅對小孩格外慈祥，見到每一個人都是彬彬有禮。

「矢車大廈的實質管理人是亞彌姊，假如不方便直接請教聖伯，那麼只要向亞彌姊打聽，應該可以問到內藤梢的背景資料吧？」

亞彌姊是克己的太太。記得我在這裡上小學時常和她一起玩，搬回這裡之後也受到她不少照顧。

「還是不行。」

「為什麼？」

「你想想現在這個狀況。雖說小濱一無惡意二無邪念，終究是去過高中女生打工的不良場所消費的顧客，從第三者的角度看來，根本是個不折不扣的色老頭，和罪犯沒兩樣，亞彌肯定會恨得牙癢癢的，況且她從聖伯身上遺傳到同樣敏銳的直覺。」

有道理，舅舅分析得對。克己也說過，自己這輩子都會忠於婚姻，絕不敢有非分之想，因為根本不可能瞞過亞彌姊的眼睛。

「一切行動如同黑夜般沉靜是我的座右銘。」

「第一次聽到。」

「為了守護小濱的家庭，我們的一舉一動萬萬不可打草驚蛇，所以不能找亞彌打聽。你明天去向聖伯請教內藤家的資料，謹慎為上，隨便編個拜會的理由也無妨，反正一下子就會被聖伯看穿了。拆穿謊言是無庸置疑的，被拆穿之後打哈哈敷衍，他也不會生氣。」

「為什麼一下子就會被他看穿了？」

「嗯。」仁太舅舅點了頭。「他那雙藍色的眼睛能夠看透一切。所以我怕他，根本不敢和他面對面說話。」

聖伯固定在上午散步，而且總是穿戴得整整齊齊。這個習慣從我小學還住在這裡時一直維持至今。回到這裡以後聽到他依然保有這個習慣，令人有些驚喜。

聖伯是英國人，已於多年前歸化日本籍了，名字是矢車聖人，所以不分老少都尊稱他聖伯。我小時候就知道他的英國姓名是德涅塔斯．威廉．史蒂文生。如果問我為什麼還記得，只因為讀小學時覺得背誦又臭又長的外國名字很好玩。

他年屆七旬，與赤坂食堂的辰爺爺相去不遠，可是聖伯看起來充滿朝氣。相貌雖是七十歲的老先生，但是體態動作與年輕人毫無二致。

出乎意料的是，仁太舅舅說他想到聖伯就頭大。

「真讓人意外。」

聖伯自然是這條花開小路商店街的知名人士，沒有人不認識聖伯，而聖伯也認識每一個人。同樣地，仁太舅舅的名氣也不小。他在這裡出生長大，和這一帶的男女老少幾乎都打過照面，到世界各地流浪多年之後返回故鄉，是個出名的謎樣男子。

可以說，這兩位男士同為名氣響亮的雙巨頭。

「這麼說來……」

聽說，聖伯不曾來過奈特咖啡館。不曉得是什麼緣故。

早晨九點過後。很久沒這麼早起床了，晨間的空氣讓人心曠神怡。花開小路商店街上還有很多店鋪還沒開門，來往行人也稀稀落落。聽說聖伯散步的距離很長，會在商店街上來回多趟，只要站在主街旁等上一段時間，一定能見到面。

「咦，是小望？早呀。」

「早安。」

與我互相道早的是三丁目韮山花坊的花乃子姊。繫著綠色圍裙的她正忙著為整齊排列於店頭的盆栽澆水，如同蝴蝶一般在花間翩然飛舞。

或許有人認為形容女子美麗如花只是一種譬喻，但是自從回到這裡再次見到花乃子姊之後，我打從心裡覺得這樣的形容不會有人認為過譽。我還是小學生的時候，花乃子姊已經長得特別可愛，我也常常像個小跟屁蟲般跟在這個漂亮姐姐的後面跑來跑去。

「今天這麼早就起床了？」

「有點事要辦。」

我們正聊著，花店裡奔出一個女孩。喔，原來這就是大家口中的芽依。

「早安！」

「早安。」

這大概是我們第一次見面。開朗活潑且討人喜歡的笑容，如此可愛的長相，果然足以扛起第二代店花的招牌。芽依笑著看向花乃子姊，以眼神詢問這個人是誰？

「你們是頭一次見面吧？」

花乃子姊笑著說。

「好像是。我是奈特咖啡館的堂本望，幸會。」

「啊！是奈特。您好，我叫井筒芽依。」

「這是我表妹。」

我笑著點頭，表示知道。

「對不起唷，我還沒去過奈特咖啡館。」

「別這麼說。我們那裡畢竟……」

我苦笑著望向花乃子姊，她也露出了有些尷尬的笑容。

「……年輕女孩不容易鼓起勇氣踏進去。貴店只在夜間營業，總是昏昏暗暗的，店裡還有個身穿和服的奇怪男人。……仁太先生最近好嗎？」

「我也不知道算是好還不好，總之是老樣子。」

只能這麼回答了。芽依對著面帶無奈笑容的我說：

「我會去租電影的！」

「嗯，等妳來。」

我向兩人揮揮手道別，邁開了腳步。真幸運！一眼就瞧見聖伯正走在斜對面的派出所那邊。

他身穿一襲淡藍色、其實更接近水藍色的西裝，頭戴一頂白帽，手持一柄黑手杖，昂首挺胸地悠然而行。

我說有事想請教一下。聖伯那雙藍眼睛看著我，燦然一笑，抬起手杖指向大廈。他說恰巧散完步正準備回去，邀我到家裡喝杯茶。

我只看過一眼亞彌姊經營的家教班，從沒來過矢車大廈的樓上。這棟樓房有一定的屋齡，外觀難免留有歲月的痕跡，但是走進裡面一看，仍是頗為壯觀。該怎麼形容才好呢，總之隨處都可窺見建築巧思，像在電影裡看到的紐約老公寓。

一踏進聖伯的住所，菸斗專用的那種菸草甜甜的香氣隨即撲鼻而來。聖伯親自沏了紅茶，說是天氣好，將茶端到了陽台。

這一帶沒有高樓，在矢車大廈的頂樓可以一眼望盡這座小鎮。

「好，你想探聽的是我這棟大廈的住戶吧？」

聖伯邊抽菸斗邊說。我十分吃驚。

「您怎麼知道的呢？」

「很簡單。特地來找我談話，表示有要事商談。然而目前小望君的日常生活和我可說是毫無交集，必定與仁太君經營奈特咖啡館的諮商項目有關。倘若是商店街的人有事商量，大可直接找我，不必透過仁太君。換言之，你想探聽的對象是住在商店街上、但與商店街並無密切交集的人，也就是我這棟大廈的住戶了，畢竟我是房東。」

完美的推理。上一次和聖伯說話已經是很多年前的事了。從前聊天時我就隱約有種感覺，此刻肯定了自己的感受是對的。

聖伯與仁太舅舅，一位是紳士、一個是流浪者，兩者的類型乍看猶如天壤之別，實際上卻是同一種人。或許正因為如此，仁太舅舅才會害怕面對聖伯。

並且，舅舅說得對，任何事都別想瞞過聖伯的眼睛。編造藉口根本是多此一舉。

「坦白說，我是來探問住在這裡的內藤家。」

我擲出一記直球。聖伯抽著菸斗，挑了挑右眉。

「內藤家，住在這裡的二〇四室。」

「原來是二樓的住戶。」

聖伯倏然領悟似地瞇起眼睛看著我。

「是仁太君讓你來的吧？這麼說，這是一項基於正義所採取的行動了。」

「正義……」

呃，至少並非基於不良目的。

「人如其名，仁太君不僅重視仁義，並且善於洞悉人心。身為房東，想必可以安心將所掌握的房客資訊轉告仁太君。內藤家目前是母親帶著女兒住在這裡，算起來已有十五年了。」

「已經住在這裡十五年了喔。」

那是老住戶了。並且，目前是單親家庭。

「剛搬進來時是一家三口，離婚後先生搬出去了。母親內藤亞紀子女士沒有再婚，獨力養育女兒小梢。亞紀子女士是藥師。」

這麼說，小梢的媽媽是藥師。

「可以想見，仁太君想知道的是關於小梢的事。小望君，事實上我也同樣為小梢的行為感到痛心。」

「咦？」

雙眉緊蹙的聖伯吸了一口菸斗。

「我發現她在進行某種具有危險性的行為。身為房東，正在思考應當如何處理為宜。」

「原來您也發現了。」

既然如此，就可以有話直說了。

「請問她是個什麼樣的小孩呢？品行不佳嗎？」

「絕不是那種壞小孩，甚至稱得上是好孩子。她個性開朗，待人有禮，在學校應該不會被當成問題學生。她母親亞紀子女士對女兒也很放心。」

「可是，既然這樣，她為什麼要做那種危險事呢？」

我刻意沒有說得太具體。即使聖伯神通廣大，總不至於知道這件事和濱崎先生有關；可是也不能過於輕描淡寫，否則聖伯無法感受到事態的嚴重性。

「事情是這樣的，那位小梢同學的危險行為牽連到某位男士，恐將引發對方的家庭危機。我們希望阻止這種悲劇的發生。」

聖伯緩緩頷首，彷彿明白了我的來意。

「之前推想約莫是那麼回事，果真不出所料。」聖伯擱下菸斗，啜飲一口紅茶。「當然，人心似海，深不可測。依我之見，小梢的動機大抵是渴求父愛，或者期盼擁有幸福的家庭，抑或是對那個幸福的家庭感到嫉妒。假如其動機與家庭幸福相關，她好奇的是如果自己從中破壞，那個家庭會出現什麼樣的變化呢？」

原來如此。

「您說得很有道理。」

綜合上述分析，她會產生那種想法也很自然。

「終歸是年輕人，難免心如脫韁之馬，連自己也無法控制。然而她很有主見，即使行為具有風險也不會就此沉淪。我是看著她長大的，這點很清楚。因此，或許她只是想稍微惡作劇，捉弄一下那位男士。」

「如果是那樣，該怎麼辦才好呢？」

「唔……」聖伯撫著下巴的鬍鬚。這個動作由聖伯做來派頭十足，超級帥氣。

「仁太君有何想法？」

「我完全看不出來。」

聖伯露齒而笑。

「總而言之，這是屬於 KNIGHT 的案件，我不便妄下定論，只負責提供情報，後續交由仁太君全權處理。請轉告他，倘若需要協助，這副年邁之軀必將盡力效勞。」

我忍不住問起那個放在心裡已久的疑問。

「請問您對仁太舅舅的事知道得多嗎？」

聖伯面帶微笑，撫了撫嘴上的鬍鬚。

「聽聞他曾經浪跡世界。我認識的他僅限於住在這裡的時期而已。如果想知道住在這裡的他是什麼樣的，那麼不單是我，商店街上的其他人也知之甚詳。不過……」

「不過？」

說到這裡，聖伯倏然正了正神色，慎重且緩慢地頷首。

「依我推測，他應當是這條花開小路商店街上唯一一位擁有某種特殊能力的人。」

特殊能力？

「什麼樣的能力呢？您是指他協助前來夜間諮商的人們解決問題的能力嗎？」

聖伯笑了。

「他那方面的能力確實極高，畢竟是守護花開小路商店街之night的Knight。我指的不是那個。但是具體而言究竟為何，我並不清楚。可以肯定的是，他現在的人生是由那種能力……」

說到這裡，聖伯頓了頓，像是若有所思，又像欲言又止般抿了嘴角。「塑造而成的——或許這樣的描述並不正確，可是用束縛來形容似乎也並不恰當。他是出自本人的意願於原地駐足，又或者正在等待著某種契機。」

「等待契機？」

我曉得聖伯正在說一件很重要的事，問題是我完全無法掌握到最關鍵的核心。很明顯的是，聖伯為了不讓我聽懂而刻意用了隱晦的敘述。

換句話說，聖伯推測的結論不能讓我知道，或者不便從他口中說出來。

我回到奈特咖啡館，把自己和聖伯的談話內容轉述給午後起床的舅舅聽。至於與舅舅相關的部分則暫且不提。

「原來是那樣的家庭狀況。嗯，和我猜的大致相同。」

舅舅居然大都猜中了。只見他嘟噥著從沙發起身，拿起擺在桌上的香菸點了火。

「不愧是聖伯。還有，小梢目前表現出來的言行舉止，很可能是聖伯推測的那幾項動機全部加總起來的結果。」

「全部加總起來？」

「對。」舅舅呼出菸氣。「小梢渴望親情，並且有高度信心自己能夠出淤泥而不染，就算遭到責難也不肯停止目前的行為。再加上她深知自己懂得拿捏分寸，絕不會跨越那道紅線。另外，她在小濱身上看到父親的影子，說不定那個離婚的父親和小濱有幾分神似。她之所以常去小濱家玩，也可能是這個原因。」

我懂了，這是一種變形的戀父情結。這樣一個女孩或許會出現這種心態。

「不光是那樣，她非常羨慕小濱的幸福家庭，喜歡去他家玩。進一步來說，她很好奇如果從中破壞，把這個家庭弄成像她家那樣支離破碎，會有什麼樣的改變？還有，捉弄中年男子的小濱也挺好玩的。她一方面無意背叛摯友佐奈，另一方面卻也帶有與自身境遇吻合的厭世傾向，認為世上每一個人終究是孤獨的。想想，假如小梢心裡同時有著這麼複雜的情感，你想得到任何方法能把那些情緒一掃而空嗎？」

「沒辦法。」

我不假思索地回答。

「根本沒辦法吧。連我也得舉手投降。要想徹底消除年輕人恣意妄為、放蕩不羈的複雜情感，除非扛著火箭筒開砲轟走，否則根本沒辦法徹底消滅。」

「嗯。」

舅舅誇張地點了頭，再次強調：

「沒錯，除非開砲轟走，否則辦不到。」

「該不會真要用火箭筒轟走吧？」

「怎麼可能！所以，要簽個合約。」

「合約？」

仁太舅舅得意地笑了。

「小梢是個強勁的對手，而且任性到了極點，那樣的任性連一分一毫都不容妥協。既然如此，不如反過來利用這一點。你把小梢找來這裡。手機號碼去問小濱就知道了。」

「怎麼跟她說？」

「就說小濱也會來。」

濱崎先生是下班後繞到這裡的。令我意外的是小梢居然一口答應，真的來到奈特咖啡館了。舅舅果然善於洞察人心。話說回來，小梢住得不遠，來這裡並不是什麼難事。

她放學後換上帽T和短褲的居家服，感覺像只是去一趟附近的便利商店。來到這裡的小梢睜大眼睛打量著店內的陳設，那表情彷彿覺得這地方滿有意思的，並不排斥。當然，很可能是濱崎先生在場的緣故。

她在頭頂紮出一顆丸子頭，有著一對松鼠般的眼睛，身材稍矮而纖瘦。手插口袋、斜眼睨人的態度帶點玩世不恭，大體說來是個活力充沛的女孩。

「小梢同學，之前就知道這家店吧？」

舅舅請小梢和濱崎先生坐在沙發上。濱崎先生刻意躲遠一點，小梢卻裝作沒察覺似地往他那邊靠。她的小心思令人忍俊不禁。如此看來，遇上這樣的女孩確實令濱崎先生傷透腦筋。

「只看過店名。從這邊經過好幾次了。」

「嗯。」舅舅穿著慣常的簡便和服，將揣在懷裡的手抽出來，笑咪咪地看著小梢。「我懶得廢話，直接講重點了。小梢同學，這位小濱是我的朋友，妳常來找他，讓他有些為難。」

小梢撇了撇嘴，彷彿猜中了要自己來這地方的用意。不過，她仍舊不為所動，保持鎮定。這女孩果然有膽識。

「所以，我這個奈特咖啡館的鄰居叔叔想拜託妳，可以不要再找小濱或在路上堵他了嗎？我答應讓你們在這裡見面。」

濱崎先生和小梢同時瞪大了眼睛。

「在這裡？」

「沒錯！」

舅舅用力雙掌一拍，發出響亮的一聲，把小梢和濱崎先生嚇得往後躲。

「妳就在這裡打工吧。」

「打工！」

「打工？」

「什麼？」

事前舅舅連一個字都沒向我透露，乍一聽不免吃了一驚。幸好我已經習慣舅舅的這種作風了。

「每天都來也可以，反正就住在這附近，走幾步路就到了，這樣妳媽媽也可以放心。當然，打工費照付，只是沒辦法比照一般支付標準，妳就忍著點吧。好處是空檔時間這裡的電影可以盡情看個夠。二樓很大，不妨當成自己的房間在那裡寫作業。媽媽要很晚才回家的時候，儘管待在這裡慢慢等。更好的是，可以在這裡吃晚飯！」

「晚飯？」

「對，香噴噴的晚餐。最棒的一點是，保證小濱每星期來這裡和妳見一面，一起享用香噴噴熱騰騰的晚餐。我和小望也能陪你們一塊吃喔。當然，餐點是小望做的，有意願的話妳就一同下廚，甚至加上小濱和我，大家熱熱鬧鬧地邊聊邊煮。妳瞧，身旁既有小鮮肉，還有中年大叔，很不錯吧？和樂融融，就像一家人圍著餐桌一起吃飯。」

小梢的眼睛驚訝地瞪得又圓又大，喃喃自語。我剛好端來冰紅茶放到她面前，靠得很近，或許只有我一個人聽到她說了什麼。

那時，一臉詫異的小梢，囁囁說了「一家人」這幾個字。

小梢居然接受了這項提議。

大出我意料之外。她甚至笑著說明天就上工，然後歡天喜地跑回家去了。從她家跑到店裡頂多只要一兩分鐘，確實是個再方便不過的打工地點。濱崎先生也說，以租片的理由每週一次下班途中來這裡一趟沒有任何問題。他早前就在電影相關產業工作，只要說是又和仁太先生聯絡上了，過來敘敘舊，聽起來也很正常。

話是這麼說沒錯……。

「這樣好嗎？我覺得問題只是暫時擱置，並沒有真正解決。」

「這樣就好，遲早會解決的。」

「遲早？用什麼方法？」

仁太舅舅伸出三根手指。

「有三種可能性。第一種是聖伯。」

「聖伯？」

「他擁有一種神奇的力量，或許會在不知不覺間說服了來到這裡打工的小梢，讓她對小濱徹底死心，當作從沒發生過任何事。而在說服小梢之前，他應該會先說服對於女兒在這裡打工有所疑慮的小梢媽媽。並且，他的這些舉動，並不會讓我知道。」

這種方式確實不無可能。聖伯說過，內藤家是多年房客，他也會想想該如何協助解決。

「另一種可能性是名為『時間』的良藥。在這裡打工的日子久了，也許她對一切漸漸膩了，主動說算了。」

「有可能。」

年輕和沒耐性相當於一體兩面。

「第三種是終極手段。萬一事態發展成聖伯以及名為時間的良藥全都不管用，只好使出最後那一招了。」

「哪一招？」

仁太舅舅臉上帶著無所畏懼的笑意。

「不告訴你。」

八　七個畢業生（St. Elmo's Fire）

我覺得不單是仁太舅舅，連同聖伯在內，他們兩人真像是魔法師。

魔法師這三個字出自一個二十四歲男人的口中未免過於奇幻，可是我總不能把這兩位資深的人生前輩說成是天才詐欺師吧。

我是指內藤梢同學在奈特咖啡館打工一事。

雖然小梢興高采烈地大喊：「我願意！」但我實在不認為她那位含辛茹苦的單親媽媽會輕易答應。打工地點畢竟是奈特咖啡館。儘管我們是正派經營，從外觀看來卻不像是正派經營的店家，反而散發著詭譎的氣息。

因此，她雖滿口答應明天就來，我心想肯定會遭到反對，或許還得親自去向她媽媽解釋，這下該怎麼說服才好呢，孰料……。

「孰料」這個在現代已近乎絕跡的語彙是從舅舅那裡學來的。我猜，大抵就是用在這種時候了。

與小梢談過話的隔天早上來了一通電話。是她媽媽打來的，說是想在上班之前來店裡打擾一下，向我們致謝。

「您說……要致謝？」

「是的。」

雖然一早七點半就被電話吵醒了，我可是個紳士……至少自詡為紳士。仁太舅舅根本叫不醒，我只好一個人趕緊洗臉刷牙沖咖啡，迎接小梢的媽媽，也就是內藤亞紀子女士的到來。

「是我們請她來這裡工作的，該道謝的人是我們才對。」

「快別這麼說！」

小梢媽媽、亦即亞紀子女士有著爽朗的笑容，體態有些豐腴。如果去藥局是從這樣一位藥師手中接過藥來，想必身上的病痛立刻好了大半。

「我都快想不起來上回看到那孩子這麼高興是什麼時候的事嘍。」

「真的嗎？」

沒想到小梢真有那麼開心。

「聖伯說，讓我儘管放心把女兒託付給貴店的圓藤仁太先生，她在這裡的每一天都會得到寶貴的收穫。」

「呃，這樣哦……」

是聖伯。儘管不清楚來龍去脈，總之小梢媽媽亞紀子女士和聖伯談過話了，並且聖伯似乎對仁太舅舅讚譽有加。

「那孩子連社團也不參加，成天到處閒晃，現在光是知道她放學後就待在家附近、況且是位於商店街的貴店，這下我總算可以放心，都不好意思領工讀費了呢。真的非常感激。」

的確，她待在這裡的期間，我們絕不會讓她遇上危險，也會竭盡全力防堵壞男人接近，並且還會教導烹飪技巧和禮儀規矩。所以聖伯才會說，請小梢媽媽放心把女兒交給我們。

沒想到。

又是那個「孰料」。

人不可貌相，不對，無論是什麼樣的人都有他的長處……呃，這樣講好像也不對，沒禮貌。

總而言之，這女孩令人佩服。

小梢一放學就衝回家換衣服然後立刻來到這裡，我先讓她穿上圍裙負責外場。結果不僅是我，連仁太舅舅也說「簡直跌破眼鏡」。

我們見證了小梢的待客技巧。

我不敢說自己是待客專家，好歹曾經學過業務工作的基本知識，了解與別人接觸時該如何應對、哪種舉動會得罪人、什麼言行才不失禮，結果根本用不著教小梢這些東西。假如我現在還是上班族，說什麼也要延攬她進入業務部當我的下屬。

就連克己、北斗和美代也紛紛誇獎她。要知道他們三個家裡都開店做生意，打從出娘胎以來就天天親身體驗各行各業的待客之道。

他們聽說住在矢車大廈的小梢從今天起開始在奈特咖啡館打工。本店聘請工讀生可說是破天荒的大事，於是三人馬上相約來這裡吃晚飯。至於他們是從哪裡聽到這個消息的，我沒打算問。反正不是北斗聽誰說的，就是克己從聖伯那邊得知的。

「真希望我家也能有個像她這樣的工讀生。」

北斗羨慕地表示。

「無可挑剔！」

克己雙臂環抱胸前，點頭讚許。

「年紀這麼小，很難得耶！」

美代也用力點頭。

總之，三個人都讚不絕口。

今天的奇事可說是接二連三，恰好輪休的小淳刑警帶著三毛小姐也來用餐了。這當然是兩位首度聯袂踏進店裡。

他們事前並不知道小梢在這裡打工。小淳刑警和三毛小姐都說在路上見過，認得她的長相。兩位齊聲稱讚她沉著的態度遠遠超越一般高中生。

這天晚上忙得不可開交，來租片、來吃飯的人特別多，我甚至懷疑這是不是老天爺的特意安排。說不定是我在這裡工作以來最為忙碌的一個晚上。

不過，我和看到盛況空前而過來幫忙的仁太舅舅，都沒有因此而手忙腳亂。因為小梢一個人就完美接待了所有的客人，從端著托盤送菜的動作乃至於應對和措辭的所有一切，全都相當得體。

一樓的座位並不多。遇上用餐尖峰時段一樓坐滿了，會將客人帶到二樓。有餐飲經驗的人一定知道，當店內用餐空間分成一、二樓時非常辛苦，光是上下樓梯的動作，若把階面踩得乒乓作響會給顧客忙亂的感受，說不定還會揚起灰塵，影響客人用餐。即使不到揚起灰塵的誇張程度，至少當著客人的面啪嗒啪嗒衝上衝下的，誰還能靜心品嚐美味的餐點呢？

所以，餐廳的男女服務生必須具備看似不慌不忙、實則飛快移動的高級技術。這不是一朝一夕可以練成的，至少要打工經過兩三個星期以後才能逐漸熟悉。

然而，小梢卻完全沒有那段過渡期。

她宛如已經在奈特咖啡館工作十年之久，甚至稱得上身段優雅地端著托盤往返於不同樓層，連擺放杯盤的姿勢也顯現出其純熟的技術。她游刃有餘地同時駕馭了外場服務生和影片出租員的雙重身分。

實在令人嘖嘖稱奇。

濱崎先生昨天才剛來過，今天自然沒有出現。他要過來之前會先聯絡，我想最快也得等四、五天後了。但是小梢並沒有露出絲毫不滿的表情。

她樂於工作，臉上始終帶著符合高中生年紀的青春可愛的笑容。

再怎麼忙，通常八點過後客人都離開了。

「小梢。」

「有！」

第一次見面時那種有些玩世不恭的斜睨表情已經消失無影了。那雙松鼠般眼眸熠熠生輝地直視著我。

「可以休息嘍。要在這裡吃晚飯吧？」

「好——！」

她的態度出現一百八十度的轉變。前一刻還是抬頭挺胸的資深服務生，下一秒就變回穿著圍裙的普通高中生了。

今晚吃的是焗烤漢堡排咖哩飯，搭配的蘋果醋佐沙拉百匯，裡面有地瓜和馬鈴薯等各種蔬菜。

克己、北斗和美代，還有小淳刑警與三毛小姐都還坐在沙發區喝著咖啡聊天，他們邀小梢一起坐。我和仁太舅舅也拿著托盤把各自的晚餐端過去坐。

「開動嘍——！」

「開動了。」

平常舅舅和我沒那麼早吃飯，今晚按照約定陪小梢一起吃。我能體會一個人吃飯味如嚼蠟的感受，現在倒是習慣了無所謂。

「啊，妳認得在座的每一位嗎？」

我問了小梢，她剛舀起一大匙焗烤咖哩飯送入嘴裡，睜著圓眼睛嗯嗯地直點頭。她忙著將燙口的焗飯在舌上左撥右弄著，再次頻頻點頭。

「統統認識！這位是大廈的房東先生，這位是松宮電子堂的先生，還有國元樂坊的美代姐姐，然後是小淳刑警和音樂人的三毛小姐。」

正確來說，克己並不是房東先生，而是實質管理人的丈夫，但小梢這樣的認知並沒有錯。小淳刑警和三毛小姐在這一帶的知名度很高，她自然認識。

「妳連美代的名字都知道啊？」

「知道。」美代點頭，代為回答，「常來店裡嘛，對不對？」

小梢乖巧地點了頭。

「去買ＣＤ？」

克己問她。我本來也覺得是這個原因，但別說是現在的小朋友了，連我們這一代也不太買ＣＤ了。小梢俏皮地笑了。

「我有喜歡的偶像。」

「這樣啊。」

原來她是個狂粉，凡是心愛偶像的CD和DVD連一張都不可放過。我腦中忽然閃過一個念頭，說不定她之前從事那份有危險性的兼差，就是為了賺錢來支持偶像。我們到現在都沒問過她為什麼要去那種地方打工。

我看她不知道北斗的名字就告訴她了，也順便說了我們是同學，還有我上小學時住過這裡，最近才又搬回來了。

「我們的情況差不多。」

小淳刑警對我說。

「喔，我聽說了，您是在這裡住到讀中學吧？」

「沒錯。」

小淳刑警點頭證實。

「是哦——」

小梢覺得很新奇，開心地說著這條商店街的居民交情都很深呢。

父母雖不是在商店街上做事的人，但她從小就住在矢車大廈了。小梢的故鄉毫無疑問是這條花開小路商店街。我們問了不少問題，得知她和位於三丁目巷子轉角那間「田沼當鋪」的田沼家孫女讀不同校，但是同年級。北斗了然於胸地直點頭。商店街上絕大多數人北斗應該都認得。

「對了，小梢……」

「嗯，怎樣？」

她對我講話的語氣變得真隨便。算了，不計較。

「妳做過餐飲店的外場服務生嗎？」

「沒呀？」

沒做過哦。

「看起來很熟練，想說是不是有經驗。」

聽我這麼一問，眾人同時點頭。

「我也不知道耶……嗯……」

她邊思索邊大口吃飯。女孩子食量大，有益健康。

「不是老王賣瓜，我算得上心靈手巧。家事沒有不會的，什麼都難不倒我。」

世上就是有如此令人欣羨的人。

「喔，還有……」她笑嘻嘻地往店裡看了一圈。「我愛看電影！」

「是哦。」

「我看過的電影應該不少。」

「去哪裡租的嗎？」美代問，「印象中沒在我家買過DVD。」

「沒錢買嘛，最近都是上網看的。我媽媽在這方面倒是不惜血本，訂閱了Hulu，喔！對，還有WOWOW，我平均每天看兩部到三部。」⑧

「真不簡單！」

仁太舅舅開心地笑道。原來如此，或許這也是她那麼高興能在這裡打工的原因之一。奈特咖啡館裡有數不清的影片別說是網路了，不管上任何地方都看不到的。她和舅舅很可能屬於同一種人。

「所以呢，我大概是觀賞電影的時候用眼睛記住了，包括這種外場服務工作的一舉一動。」

「嗯。」三毛小姐點頭。「有些小朋友擅長目視學習。」

「目視學習？」

小梢不解地歪著腦袋瓜。小淳刑警也點著頭附和。

⑧ Hulu為觀賞影視節目的付費網站。WOWOW為日本的收費民營衛星電視臺。

「劍道也有這種學習方式，稱為目視練習。透過觀察高段位者的練習動作，從而仿效動作與技法。」

「原來如此。」

「繪畫也是一樣。」三毛小姐接著說，「就某方面而言，相較於什麼都沒看過的小朋友，接觸過許多傑出作品的小朋友具有絕對的優勢。」

「在任何領域都是這樣的。」這回開口的人是克己。「能夠精準掌握工作訣竅的傢伙，平常看東西都很仔細的。就算本人沒有意識到，其實已經從眼睛蒐集到各種資訊，經過消化之後成為自己的東西了。」

或許克己說得對。再加上小梢既不怕生也不膽怯，擁有優秀的資質。

小梢說聲：「吃飽嘍！」並且合掌道謝。「真的好好吃喔！」

「那就好。」

「對了，我想問一下，」克己說，「為什麼突然僱用工讀生呢？」

來了。我還猜到他會接著問為什麼是小梢，早就準備好答案了。並且事先叮嚀過小梢不要說出真相，當然，我想她也不會說的。

「只是巧合。」

「巧合？」

要是編個明眼人一看就曉得不對勁的謊話，可就得不償失了。

「我和舅舅正在商量尖峰時段得再多找個人手幫忙的時候，剛好小梢在店裡，她在旁邊聽了就主動說可不可以讓她試試，舅舅對她很滿意。」

這就是我事先擬好的藉口。反正凡事只要推到舅舅身上，再怎麼稀奇古怪的事，大家都能接受。從這個角度看來，仁太舅舅的存在還挺方便的。

「我正在思考晚上不只準備一道主餐，不妨漸漸增加幾道。可是這樣一來，非得多個人手不可。」

「乾脆改成一般的咖啡廳吧！」克己建議，「別只在晚上營業。」

「這方面我們也在考慮。總之，有了小梢的加入，其他的慢慢改進吧。」

克己、北斗和美代都是商店的接班人，每回湊在一起時總會提起這個話題。小淳刑警雖是警察，也是赤坂食堂的孫兒，只是他不可能接手就是了。

「我也有點擔心食堂以後該怎麼辦。」

小淳刑警說道。在場的人無不心有戚戚焉。赤坂食堂堪稱是這地方的餐飲店中歷史最悠久的，如果那家店的味道消失了，的確很可惜。

「小淳刑警打算一直住在那裡嗎？」

美代一問，小淳刑警想了想。

「住那裡沒什麼不方便的，只怕哪天一紙派令調去其他分局，那就另當別論了。」說著，他露出一絲苦笑。「前陣子爺爺忽然告訴我，遺言已經寫好了。」

「遺言？」

「爺爺不是說笑的。那裡的土地和房屋都在爺爺名下，他說傳孫不傳子，留給我全權處置。」

「我們請爺爺別提那種事了，聽著讓人難過。」

三毛小姐接在小淳刑警後面說，臉上有幾分落寞的神色。原來三毛小姐當時也在場聆聽爺爺的交代。這表示他們兩人已經得到家裡的認可了。

想必北斗、克己和美代都和父母談過這類話題。身為店鋪的接班人，這是個無可迴避的課題。實際從爺爺手中繼承了這家店的仁太舅舅很快就吃完自己的那份晚餐，雙手兜在懷裡，笑咪咪地聽著大家交談。

「怎麼笑得那麼開心？」

我問舅舅。他滿意地點了頭。

「看著眼前這群充滿希望的青年聚在一起，真是一幅美好的畫面。」

充滿希望……。

「我沒那麼年輕。」

小淳刑警尷尬地笑著，和三毛小姐互看一眼。

「當然年輕！還沒三十吧？我記得是二十七？」

「我是二十八，她是二十七。」

我現在才知道三毛小姐是二十七歲。她看起來非常成熟，沒想到只大我三歲而已。舅舅說過，三毛小姐身上似乎隱藏著什麼祕密，或許是那個祕密讓她散發出成熟的氣質。

小梢猛然舉手。

「我有話要問！請問小淳刑警和三毛小姐是男女朋友吧？你們會結婚吧？」

一記直球。克己、北斗和美代都帶著微妙的表情看向小淳刑警。

「傷腦筋……」

小淳刑警沒好氣地笑了。換成是我，也會有同樣的反應。

「的確有此打算，但還沒有具體的決定。」

「為什麼？」

舅舅立刻乘勝追擊。我就知道舅舅不會放過這個大好機會，不久前我們才談過這件事。

「求婚了吧？」

舅舅同樣擲出直球。三毛小姐露出嬌羞的微笑，低頭不語。平常看到的三毛小姐像個冰山美人，沒想到也會露出這樣的表情。

「婚是求了，可是考慮現實狀況，還有很多有待克服的問題。各位請放過我吧！」

小淳刑警直搖手，不知所措地乾笑著。遇上這樣的情況確實使人不知所措。

「好吧，以後有機會再聽你們說個仔細吧。再怎麼說，花開小路商店街的興廢存亡，端看你們這些年輕人的努力了。商店街要是冷冷清清的，仰靠商圈勉強餬口的這家店可就小命不保了。好了，換問北斗，你什麼時候結婚？」

「就知道輪到我了。」北斗撓撓頭。「大學畢業之前不會結婚。」

「奈緒不必接下家裡的店吧。」

「是的。」

柏克萊的奈緒是北斗的女朋友，其實已經相當於未婚妻了，她是小淳刑警的表妹。

「柴田老闆告訴我，只要我有意願，未來不妨再多僱員工，同時接掌柏克萊和我家的電器行。」

「好主意！我也覺得你應該有經營的天分！」

「對對對，我也常常這樣建議。單憑北斗一個人恐怕很吃力，如果能和奈緒聯手，說不定可以將商店街上的店一家一家逐漸併購成一個大企業呢！所以我啊，希望北斗能在近期內接下花開小路商店會的會長職位。」

聽克己這麼一說，北斗的表情有些慌張。

「什麼會長不會長的，我不行啦！」

「沒那回事。我和克己想的一樣。光靠北斗一個會很辛苦，加上奈緒的話就天下無敵了。」美代這樣說。

我也逐漸了解柏克萊的奈緒是個什麼樣的女生了。她確實是大家口中那個有點奇妙的女孩，擁有過目不忘的天才般記憶力，尤其遇到和生意有關的事，靈光乍現的速度好比汽車切到三檔甚至五檔，立刻發揮超強的執行力。

我畢竟是這家奈特咖啡館的員工。儘管和大家圍桌談笑，仍沒忘記自己的職責，腦中想著是不是該添些冷開水了、要不要送上咖啡了。人雖坐著，但是準備好隨時起身。

不過，好像用不著站起來張羅那些了。大家坐在一起的感覺太舒服了，就像和一群年齡不同的朋友聚餐之後談天說地的氣氛。當然，在場的確實都是我的好朋友。

我不禁想，如果能夠享受到這樣的滋味，經營一家店的人生似乎也不壞。

就在那一刻。

霎時有股異樣的感覺。

誰的手機響了。鈴響的瞬間我愣了一下，只見小淳刑警立刻有了動作。大家同時想到「該不會發生案件了吧！」他本人卻毫不慌張。我猜響起的應該不是警方配備的手機，而是他的私人手機。不過，在場的每一個人還是忍不住盯著他看。

「喂？」

小淳刑警一副漫不經心地接了電話。

然而下一秒，他表情驟變。

「什麼？」

他隨即看向三毛小姐。三毛小姐立即起身，其他人也紛紛站了起來。

「我們在奈特，現在馬上回去！」

「怎麼了？」

小淳刑警結束通話的同時仁太舅舅問道。

「爺爺昏倒了。」

「什麼？」

辰爺爺昏倒了？

赤坂食堂的辰爺爺是花開小路商店街的知名人士之一。所以，當他突然昏倒的消息傳出，商店街上的所有成員無不憂心忡忡，急著衝去醫院探看情況。我也一樣，可是不行。一大群人擠在醫院非但幫不了忙，還會妨礙治療。

所以，奈特咖啡館由仁太舅舅代表前往探視。他剛從醫院回來。

「喝一杯吧。」

「想喝什麼？」

「Maker's Mark，烈一點。」

我走進備餐區，從架上拿了酒瓶倒入杯子時，舅舅從櫃子裡抽出一片ＤＶＤ放進播放器，隨即轉身到他固定位置的沙發就座。我送上酒杯，看了一眼光碟外盒想知道舅舅放的是哪一部，結果是名為《St. Elmo's Fire》的電影。

我知道「St. Elmo's fire」⑨，那是在船隻桅杆頂端冒出藍色燄光的一種自然現象，可是我沒聽過這部電影。外盒上的那張劇照看起來像是青春電影。

無論發生什麼事，仁太舅舅從不忘記小酌一杯，再看部電影。

「您的酒。」

「喔，謝了。」

「今天為什麼要看這部片？」

電影開始了。舅舅點頭。

「這是青春電影的登峰之作。剛才看著你們一群年輕人聚在這裡，忽然想起這部片子，打算重溫一遍。」

原來如此。我猜得沒錯，果然是青春電影。舅舅喝了一口 Maker's Mark，輕輕呼氣。

「我說，小望。」

「什麼事？」

舅舅看著我微笑。

「你覺得自己變成大人了嗎？」

變成大人……。

「我二十四歲了，以年齡而言已經是成年人了，而且也在公司上過班。」

「說得也是。」

可是……。

「究竟要用什麼來界定『變成大人了』，好像也說不出個明確的標準。可是，為什麼突然提起這個話題？看了這部電影有感而發？」

「電影只是其中一個理由。影片中的這些年輕人和剛從大學畢業不久的你的年紀差不多，他們正要摸索如何變成大人。大家都是這樣過來的，包括北斗、克己和美代，還有小梢，往後將會一步步變成真正的大人。」

「說得也是。」

「還有，」舅舅接著說，「把孩子撫養長大的這段過程，是父母的職責吧？」

我覺得這話沒錯，所以點了頭。

⑨ St. Elmo's fire，原意為「聖艾爾摩之火」，亦為一九八五年美國電影《七個畢業生》的原文片名。

「可是呢，讓小孩變成大人的，其實不是父母。」

「那是誰？」

仁太舅舅露齒笑了。

「是『父母』以外的『其他大人』的職責啊。並且，思考與決定要成為什麼樣的大人，是他們自己要面對的課題。」

讓小孩變成大人的，是父母以外的大人。我好像有點懂。

「以我為例，這樣的角色就是舅舅嘍？」

說完，仁太舅舅又咧嘴一笑。

「只是參考範本，別當成模範榜樣。我可是『絕不能成為這種大人』的最佳反面教材。」

「不必把自己看得那麼卑微嘛。」

「不曉得小梢安全到家了沒。」

「沒問題，我送她回去了。」

接到消息後，大家立刻趕回自家店裡，只有小梢似乎不明白發生什麼事了。

「聽我解釋之後，小梢說她去赤坂食堂吃過飯，也看過在廚房裡的那位爺爺，很擔心他的安危。」

「那倒是，赤坂的套餐讓人百吃不厭。幸好已經脫離危急狀況，真是太好了。」

「是啊。」

辰爺爺當時不是在廚房，而是坐在店裡櫃臺前的椅子上突然暈眩而昏倒了。所幸那時旁邊的顧客立刻扶住他，這才沒受到重傷。

「真慶幸那時人不在廚房裡。」

「就是說啊，萬一正在用火，說不定會遭到嚴重的燒傷呢。」

詳細狀況得等後續檢查才知道，總之辰爺爺已經恢復意識並且神智清醒，目前最重要的是讓他住院休養。得知辰爺爺無恙後，我終於可以安下心慢慢欣賞這部《St. Elmo's Fire》，研究一下它為什麼被譽為傑作了。

「那家店……赤坂食堂得暫時歇業吧？」

「只好這樣了。那裡只有辰伯伯一個人掌廚。醫院的檢驗會進行好幾天，梅伯母得家裡和醫院兩頭跑，小淳刑警又不能耽誤工作。」

「三毛小姐呢？」

「嗯。」舅舅點了頭。「梅伯母雖然身體硬朗，畢竟上了年歲，小淳刑警雖不放心，但也沒辦法從早到晚陪在奶奶身邊，想必三毛貓會盡力幫忙，宛如肩負起小淳刑警太太的責任。」

「應該會這麼做吧……太太……」

我吶吶地唸著時，舅舅端起酒杯喝了一口。

「什麼？」

「沒什麼。」

「嗯。」舅舅點頭，微微皺眉。「那兩個人……我說的兩個人是指小淳刑警和三毛貓，他們對結婚這件事感到猶豫，或者說仍在等待的原因，我似乎可以理解。」

「原因？」

「是啊。」仁太舅舅點了頭。「毫無疑問的，是小淳刑警讓人家等著。」

「因為工作忙？」

「刑警的工作哪有空閒的時候呢！做那一行的隨時隨地會碰上什麼狀況誰也說不準，運氣差的說不定在舉行婚禮的時候還會接到全體出動的任務呢！」

的確沒錯。

「所以，不是那個原因。」

「那是什麼？」

從沒動過結婚念頭的我，實在毫無頭緒。

「不重要，反正只是我隨便想想罷了。啊，對對對，等一下應該會接到柏克萊的電話。」

「柏克萊？」

「柴田老闆問我們能不能接收赤坂那邊冰箱裡的食材和一些存貨。」

「啊，對喔。」

是的，赤坂食堂暫時無法營業，總不能任由已經備妥的食物腐敗。

「把店裡的東西送往其他餐廳會擔心造成對方的困擾。柴田老闆和辰伯伯是親戚，沒有那層顧忌，所以剛才談妥了由柏克萊和我們把東西分一下。萬一在我們店裡發生狀況也不會有問題。」

「為什麼在我們這裡就不會有問題呢？」

「這還用問嗎，因為我們的招牌並不是正規的餐飲店，而且餐飲也不是主要營業項目。」

「正規……」

「赤坂食堂對於食材管理一定非常嚴謹，想必不會發生任何狀況，這只是為了萬一所做的風險管控而已。即使我們這家店發生食物中毒而暫停營業，也只會影響你和我兩個人的生計，那部分只要用出租影片的收入就足夠餬口了。」

「喔，原來如此。」

的確有道理。舅舅滿意地點頭，專注於螢幕。

「錢的事柴田老闆和我談就好，你接到電話就去赤坂食堂，和柴田老闆一起分食材。他不太需要的東西，盡量由我們接收。」

「知道了。」

柏克萊原本是一家普通的西餐廳，身為奈緒父親的柴田老闆沉迷於咖哩的魅力之中，於是逐漸轉型為咖哩專賣店了。而那位柴田老闆是小淳刑警母親的弟弟，也就是他的舅舅。所以，小淳刑警和奈緒是表兄妹。

接到柴田老闆的電話後，我立刻前往赤坂食堂。柴田老闆和小淳刑警已經在那裡等著了。

「嘿，小望，不好意思喔。」

柴田老闆向我致歉，小淳刑警也看著我。

「哪裡哪裡，別這麼說。」

「非常抱歉，還麻煩你專程來一趟。」

「一點也不麻煩。反正這個時間通常只是和舅舅坐在一起看電影。」

食材的分量挺多的，有魚有肉有蔬菜。另外，麵包粉和食用油放久了味道會變差，順便分了帶走。

「辰爺爺要在醫院住多久呢？」

我問。小淳刑警只「嗯」了一聲，臉色黯淡下來。梅奶奶和三毛小姐第一時間就到了醫院，小淳刑警的爸爸媽媽，也就是辰爺爺和梅奶奶的兒子與媳婦也趕來了。

「檢查還沒做完……」說到這裡，小淳刑警看了柴田老闆一眼，微微點頭後看著我。「目前還不確定，只讓奈特咖啡館的兩位知道，請不要告訴其他人。」

「那當然！」

守口如瓶。那是經常接受煩惱諮詢的奈特咖啡館的首要原則。

「爺爺，有手抖的症狀。」

「手抖……」

小淳刑警的表情十分痛苦，柴田老闆也緊抿著嘴。

「我想，爺爺恐怕沒辦法再繼續握刀做菜了。說不定，赤坂食堂會就此歇業。」

歇業。

「這……」

我不知道該說什麼才好。這家店千萬不能消失啊。

「不急著現在下定論，別放棄希望。」

柴田老闆說道。

「您說得是。」

或許辰爺爺會完全康復，繼續開店做生意。

在我們的打氣之下，小淳刑警也輕輕點了頭。

「……好，那麼這些我帶走了，得趕快放進冰箱才行！」

「好的。」

大部分魚和肉都由柴田老闆帶走。

「小淳，跟你媽說一聲，我明天會再打電話給她。」

「知道了。真的很感謝舅舅！」

「何必見外！」柴田老闆笑著點頭。「你明天還要上班，不要太擔心了，趕緊睡覺。要是沒做好分內的工作，當心挨爺爺的罵！」

「好的。」

「我走了，代我向仁太說聲麻煩他了。」

柴田老闆朝我擺擺手，離開了。我也拎起裝著蔬菜的塑膠袋。

「小淳刑警，您還要去醫院嗎？」

他搖了頭。

「大家應該都回來了。陪病家屬不能睡在病房裡，院方也說家屬不必守在那裡。所以……」

說到這裡，小淳刑警停頓下來思考片刻，然後看著我。「我和你一起拿到奈特吧。」

「不用了，東西不多，我一個人拿得動。」

這點重量根本不算什麼。可是小淳刑警卻一臉嚴肅地凝視著我。

「我有事想找仁太先生商量一下。」

找舅舅商量？

九　世界正在等待黎明（The World Is Waiting for the Sunrise）

刑警，總讓人有點害怕。

假如有個陌生男人突然出現在面前，並且表明身分「我是刑警」，任誰都會提高戒備。

即使連一件壞事都沒做過。

不過，小淳刑警，也就是赤坂淳刑警，他的外表一點也不可怕。雖然長得特別高，但是相貌和儀態都很斯文，連小朋友們都是直接叫他小淳刑警。仁太舅舅的學長權藤先生比較像個硬漢，渾身散發著濃濃的刑警氣質。

「至少辰伯伯還平平安安的，真是太好了！」

仁太舅舅說道，我和小淳刑警跟著點頭。

「喝一杯嗎？這裡什麼酒都有。」

小淳刑警搖搖頭。刑警在輪休日應該不至於不能喝酒。

「我很少喝。」

「我想也是，最近不喝酒的年輕人愈來愈多了。」

舅舅望向我。

「你會陪我喝一杯吧？」

「只能一點點喔。」

舅舅其實很希望每晚的品酒時光有人願意陪他徹底喝個夠，並且滿心期盼我能成為好酒伴，可是老實說，我的酒量不大，對酒也沒多大興趣。

「喝醉鬧事的年輕人也變少了吧？」

聽舅舅這麼一問，小淳刑警無奈地笑了。

「我聽派出所的角倉學長說，從以前到現在，留置在派出所裡休息的醉漢一向是大叔。」

我猜也是。

「大叔才需要借酒澆愁嘛。」

仁太舅舅看著小淳刑警，露出開心的微笑。

「找我商量什麼事？可以想見一定和赤坂食堂有關。」

小淳刑警輕輕點頭，先是低頭想了一下，然後抬起臉來。身材高，腿也長，窩坐在我們店裡失去彈性的沙發裡，膝蓋的位置顯得特別高。如果小淳刑警轉行當模特兒應該會走紅。

「就算爺爺痊癒了，我認為也很難繼續經營赤坂食堂了。」

我和仁太舅舅互看一眼，心領神會地點了頭。這條商店街的人都有同樣的想法。

「辰伯伯年事已高，再加上這次的事，或許是時候退休和梅伯母一起享享清福了；可是這樣一來，赤坂食堂的好滋味就要消失了。」

仁太舅舅說完，摩挲著下巴。

「我也認為，爺爺奶奶該是時候享清福了。靠著微薄的老年年金生活想必並不寬裕，但是家父母都說家裡還有空房，請兩位老人家搬過去一起住。」

「小淳刑警是獨生子吧。令尊令堂都還很健康吧？」

「都很健康，家父才五十四歲。我原本那間臥室就這麼空著，只要稍微改裝一下，就能讓爺爺奶奶住了。賣掉食堂之後可以拿到一筆錢，足以支應重新裝潢和其他費用了。」

即便是這種小鎮商店街上的又小又舊的店鋪，包含店面和土地在內，少說也能賣個幾百萬圓。

「問題是，辰伯伯和梅伯母根本沒那個打算，他們已經決定要以花開小路商店街的赤坂食堂店主身分走到人生的終點，對吧？」

舅舅微笑著說道。小淳刑警也面帶同樣的笑容點著頭。的確如此，不單是辰爺爺和梅奶奶有這種想法，我聽許多老人家都這麼說過。實際上，我那兩位住在咖啡館後面的爺爺奶奶，也就是仁太舅舅的父母親就說過同樣的話。

「老人家能夠死在自己出生長大的故鄉是最幸福的。」

「是啊。離開住慣了的地方未必是好事，有些人搬家後由於環境改變，天天把自己關在家裡，結果反倒一下子就衰老了。」

小淳刑警點頭贊同。

「所以，我覺得爺爺其實希望我能繼承赤坂食堂。」

這……！

「沒辦法吧。你不當警察了嗎？」

小淳刑警搖了頭。

「我完全沒打算離開現在的職場。」

「那麼——」

我正想問該怎麼辦，舅舅靈光乍現般倏然豎起了右食指。

「是三毛貓吧！」

「什麼？」

「也就是小淳刑警繼續住在那裡，和三毛貓結婚，由三毛貓繼承赤坂食堂的好滋味。」

小淳刑警雙眉緊皺。

「就是這樣。」

由三毛小姐接掌食堂？

「三毛小姐現在常在店裡幫忙，該不會就是這個原因吧？」

「一開始完全沒有那個想法。她喜歡下廚，純粹是看店裡忙不過來，自願來幫幫忙。後來爺爺稱讚她很有這方面的天分，直到我和她約好共度一生之後，才出現了這項提議。」

「提議是……」仁太舅舅問道，「辰伯伯說的嗎？」

「不是。是小明主動提出的。」

有那麼一瞬我納悶誰是小明，下一秒立刻恍然大悟。三毛小姐的本名是三家明。

「她怎麼說的？請讓我繼承這家店？」

「不是的，沒有那麼直接。」小淳刑警解釋後接著說，「她說結婚以後，不要找其他房子住，就照現在這樣繼續住在這裡不是很好嗎？」

「她不會覺得不方便嗎？」

「不會。這裡離分局不遠，也可以就近陪伴爺爺奶奶。對小明來說，比起一個人等候不知何時才能下班的我，家裡有兩位老人家作伴才不覺得寂寞。」

嗯，滿有道理的。以前權藤先生談起自己離婚的事時曾經說過，當刑警的太太只有吃苦的份。尤其偵辦重大刑案期間，根本別想回家睡覺。

「的確，在店裡忙得不可開交，也就沒空感到寂寞了。」

「是的。所以她說，既然要住在一起，不如正式進到店裡一起打理。」

仁太舅舅點頭。「原來如此……」說著，他露出了然於心的笑容。「這就是小淳刑警必須將婚期往後延一段時間、目前還無法告訴大家訂在什麼時候的理由嘍？」

「什麼意思？」

我不懂舅舅這段話的意思，卻見小淳刑警點著頭。

「就是這樣。」

一點也不懂。我不得不又一次佩服舅舅敏銳的洞察力，幾乎可以說是讀心術了。

「這為什麼是無法公布婚期的理由呢？」

小淳刑警看向我。

「我不希望埋沒她的才華。」

「才華？」

「對。」小淳刑警嘆了氣。「你應該知道她是美術專業學校的講師，也是一位畫家。看過她的畫作嗎？」

「看過一眼。」

之前去立花莊支援咖哩外燴的那次，三毛小姐曾邀我進家裡參觀了一下。

「覺得如何？」

「超厲害，畫得很棒！」

這是肺腑之言。有油畫、有水彩畫，還有用Mac畫的數位作品，真佩服她能用各種素材作畫。

「從一般所謂的『畫作』到常見的插畫，真是多才多藝。有的作品還具有漫畫風格的呢。」

「是的。」小淳刑警接著說，「其實，她是個專業插畫家，用的是筆名。已經有四、五本小說的精裝版是用她的插畫做為書封了。」

「不簡單！」舅舅發出欽佩的讚嘆。「第一次聽到。」

「此外，她也以畫家身分參與了大型畫展。所以，如果能讓她專注於繪畫領域，一定能成為更加傑出、名聲響亮的藝術家。她也喜歡音樂，同時是個音樂人。」

「我呢……」仁太舅舅開口，「很喜歡三毛貓的歌聲。雖然並不華麗，未必是主流市場喜歡的唱腔，她的歌唱才華或許勝過繪畫喔。三毛貓的長相也很具優勢，只要和某家音樂經紀公司或演藝經紀公司簽約，說不定會一炮而紅。」

對喔，她還可以朝另一個領域發展。

憑三毛小姐的外貌，還能用美女作曲家作為賣點。

可是這樣一來……。

「換句話說，三毛小姐願意在結婚以後繼承赤坂食堂，但是小淳刑警卻不希望她只因為和自己結婚——噢，這樣講有些失禮——而埋沒了多種才華，沒有必要非得接下赤坂食堂這塊招牌不可。這就是您的想法吧？」

「就是這麼回事。」

「問題在於……」舅舅豎起食指繞著一圈，直視著小淳刑警說道，「假如三毛貓是基於本人的意願繼承赤坂食堂，誰也沒有權力阻止她；可是你擔心萬一是由於自己和三毛貓結婚才導致這樣的結果，也就等於是你親手埋沒了三毛貓擁有的一切才華。這就是你現在的煩惱吧？」

小淳刑警望著我和仁太舅舅，緩緩地點頭，接著長長嘆了一聲。

「當然，我也不是百分百肯定。即使接下赤坂食堂的工作，或許仍然能夠兼顧藝術活動；可是按照常理判斷，經營一家餐館非常辛苦，是必須投入一輩子的事業。」

「要想同時兼顧藝術活動，的確有難度。更何況你是刑警，外表文質彬彬，其實是個痛恨犯罪、追緝罪犯的獵手。我從權藤兄那裡聽說了，別瞧你溫柔斯文，在局裡是個非常出色的刑警喔！」

「那是學長過獎了。」

「不，你從事的是一份相當不容易的職業！」

難得看到舅舅一臉嚴肅，語調更是格外真摯，我有些訝異地看著他。

「犯罪是人性的黑暗面，要想將罪犯緝捕歸案，就必須具備與那股黑暗互相抗衡的力量才辦得到。所以在刑警當中，有不少人受到那股黑暗的汙染，身上帶著一種歪風邪氣。」

舅舅與小淳刑警凝視著彼此。小淳刑警彷彿變了個人，和平常的他不一樣，該怎麼說呢，就是散發出全然迴異的氣息。

說不定，這才是以刑警身分工作時的小淳，不，是赤坂刑警的真實面貌。

「您的意思，我明白了。」

小淳刑警點了頭。

「我知道你會明白的。所以說，當那類刑警的太太是很辛苦的。這和每個人的資質有關，以小淳刑警的情況來說，當你的太太比較輕鬆，而三毛貓應該也做好心理準備了。正因為如此，也或許就是這個原因，與其兼具藝術家和刑警妻子的雙重身分，她決定選擇食堂老闆娘和刑警妻子的雙重身分。」

原來如此。

我總算完全聽懂了。

難怪小淳刑警會煩惱。我完全能夠體會他為何專程來到這裡找仁太舅舅商量了。

他們彼此相愛，並且決定結婚結為夫妻。小淳刑警希望婚後和辰爺爺、梅奶奶繼續住在一起，而三毛小姐也願意。

並且，三毛小姐覺得既然要住在一起，那麼除了扮演好刑警太太的角色，希望也能積極協助赤坂食堂的經營。如果辰爺爺無法再掌廚了，在兩位老人家的同意之下，她願意接下這個任務。三毛小姐真實的想法得問她本人才知道，也許她覺得從此將繪畫和音樂當成嗜好就心滿意足了。

這樣的抉擇也不錯。

世上應該有許多人是過著這樣的人生，甚至佔了多數。我覺得，在擅長的領域獲得成功未必等於得到幸福的人生。

舅舅抱臂沉吟。他望著天花板思考半晌，鬆開手臂，拿起菸來點了一支。

「你猶豫的是，由於和自己結婚而斷送了最心愛的女人所擁有無限可能的未來。」

扼要來說，就是這樣。

「等一下……」我忽然想到一個關於個人隱私的問題，「三毛小姐的父母有沒有什麼意見呢？」

小淳刑警看著我點點頭，接著望向舅舅。

「那也是我的煩惱之一。說不定那方面的比重佔得更大。」

煩惱之一？

小淳刑警有些為難地看著我解釋：

「她舉目無親。」

「舉目無親……。」

這是成語，意思是親人都不在世上了。我身邊的人都不是這樣的背景。

「是孤兒嗎？」

舅舅詢問，表情有點嚴肅。

「剛出生不久就被拋棄了，在育幼院長大的。極有可能父母都還健在，但是沒有任何線索。事情都過去二十幾年了，幾乎不可能找到了。而且她成長的育幼院聽說已經廢除了。」

沒想到三毛小姐有這段過往。仁太舅舅側了側頭。

「我完全不知道她有這樣的過去。不過，這對你們的結婚沒什麼影響吧？應該沒有法條規定刑警不能和舉目無親的女性結婚吧？」

「沒有！」小淳刑警斬釘截鐵答道。「除非曾經犯過罪，否則完全無須介意。若要和有犯罪紀錄的女性結婚，有時必須先取得上司的批准才行，但是小明沒有這方面的問題。」

「調查過了吧？」

小淳刑警點了頭。

「是她主動要求的。她說要成為刑警的妻子就該接受身家調查，要我盡量查個徹底。」

「明智的決定！既然三毛貓的身家調查沒有問題，你卻為她的隱私感到煩惱，這麼說……」

仁太舅舅陡然湊向小淳刑警。「莫非和她隱藏的祕密有關嗎？」

小淳刑警睜大了眼睛。

「原來您知道！」

「沒的事。」舅舅抬起右手擺了擺。「我什麼都不知道。只是隱約覺得那女孩身上似乎藏著天大的祕密。憑直覺知道的。」

「怎麼知道的？」

我問舅舅。他之前這樣說過，三毛小姐好像有某種不為人知的身分。

「還用問嗎？」仁太舅舅看著我，伸手直搓著下巴。「就是那個嘛，因為我們是同一類人啊。」

「同一類人？」

舅舅用力點了頭。

「倘若追本溯源，三毛貓的那個不能說的祕密，和我一生要守住的祕密，一定是一樣的，所以我才能感覺得到。說不定三毛貓也有同樣的想法，覺得自己和我屬於同一類人。」說著，仁太舅舅看著小淳刑警。「那個祕密，想必是不能告訴別人的吧。她告訴過你了嗎？」

「原本只要她不說，應該沒有人會知道。不過她開始和我交往時，就告訴過我有那樣的事，問我是不是還願意和她走下去？我並不在意。」

「哪種事？我和小望可以知道嗎？」舅舅轉向我，揚了揚下巴。「可以向你保證，我和小望既然答應聆聽別人的煩惱，就已經有所覺悟會把一切祕密都帶進棺材裡了。」

「我明白。權學長也這麼說過。」

權藤先生？

他是小淳刑警的警界學長，也是仁太舅舅的高中學長。

「權藤兄說了什麼？」

「這世上能讓我無條件信賴的，只有圓藤仁太一個。」

無條件信賴？我不禁看向仁太舅舅。

「不用那麼誇張吧！」

舅舅笑了，但是笑聲中並沒有嘲諷的意味。

「如果現在問舅舅為什麼權藤先生會那麼說，應該不會告訴我們吧？」

我還是忍不住問了一下。

「除非遇到很特殊的情形，否則當然不會告訴你們啊。……小淳刑警，既然權藤兄都那麼信任我了，你願意說出三毛貓的祕密嗎？」

「其實我聽到的根本稱不上什麼絕不能讓其他人知道的天大祕密。小明也說了，即使讓別人知道了也沒什麼大不了的。」

三毛小姐會接受人們的委託，成為「看守人」。

小淳刑警是這麼說的。

「看守人？」

「對，她從事的是看守人這項職業。」

那是一項職業？

「在英國，這種職業被稱為『守望者』。通常會隨時跟蹤目標對象，以便有任何突發狀況都能立刻通知委託人，而跟蹤過程原則上不會讓目標對象察覺。可以想成是一種類似於偵探的行業，以此收取報酬。」

偵探？三毛小姐嗎？只見舅舅嗯的一聲點了頭。

「原來這就是她曾經頻繁出現在權藤兄周遭的理由。」

「您聽權學長說過嗎？」

「對，他說不曉得為什麼，老是在案件現場看到三毛貓。」

「咦，有過那種事喔？」

「有啊。」舅舅接著說，「噢，那時你還不在這裡。大約是小淳刑警剛搬回這裡的那陣子吧。」

「是的。」

這麼說，差不多是兩年前的事了。

「三毛小姐之所以出現在案件現場，並不是與那起案件有關？」

「她是為了守護權藤兄，才會經常在他附近出現吧？」

「是的。權學長的情況比較特殊，所以在守望過程中刻意做出容易引人注意的舉動，讓權學長察覺到她的存在。當時的委託人是權學長的女兒。」

權藤先生的女兒？

「舅舅，那不就是澀澤結衣嗎？」

仁太舅舅輕嘆了一聲。

「就是她沒錯。」

那位一直對仁太舅舅緊追不捨、某天突然現身懇求見面，但舅舅遲遲不肯答應的澀澤結衣。結衣說過仁太舅舅是權藤先生的救命恩人，是否和那件事有關呢？或許這和她父親對舅舅全心信賴不無關係吧。

等一下……。

這麼說，這已經不僅僅是三毛小姐和小淳刑警的事了，還牽涉到仁太舅舅和權藤先生以及結衣嗎？

不會吧？

「為什麼那位結衣同學要委託三毛小姐守護她爸爸呢？」

「那時候權學長生病了。父母離婚之後，貼心的女兒依然關心爸爸的身體狀況。恰好那時候小明教結衣繪畫。」

對喔，三毛小姐也是美術老師。原來是這層關係。

「假如權學長是在局裡病倒，旁邊一定有人安排送醫；結衣擔心的是，萬一父親是在沒有人的地方病倒，那就糟糕了。於是小明以半義務的心態幫忙守護權學長的。」

原來是這麼回事。

看守人，守望者。原來世上還有這樣的職業，像是偵探，卻又不是偵探。

「可是，想從事那一行，必須具備相當特殊的能力吧？三毛小姐是從什麼地方學到的呢？」

我覺得那種特殊能力似乎和畫家與音樂人具備的才華毫無相關。小淳刑警聽我這麼一問，彷彿回憶起往事般閉起眼睛，片刻過後才睜開說道：

「為了避免誤解，我盡可能按照她當時的敘述重複一遍。她是這樣說的，『我在很小的時候遇到了一個人，但是那個人的身分以及職業，我都不能透露。他能夠藏身在任何地方、能夠帶出任何東西、能夠藏匿任何東西，然而誰也無法掌握他的真面目，因為他甚至有辦法在眾目睽睽之下，以迅雷不及掩耳之勢銷聲匿跡。某一天我湊巧，真的是湊巧，目睹了他工作的過程。』」

也就是說……。

「那是小偷吧？」

舅舅反問。小淳刑警輕輕搖了頭。

「她不肯說。對於那個人的真實身分，她守口如瓶。事實上，她第一次遇到那個人，是在離家出走的時候。」

「她逃出了育幼院？」

小淳刑警點頭。「那時的她還在上幼兒園。」他接著說，「她說自己簡直像是遇到了出現在電視上的英雄，心頭怦怦跳個不停。而對方壓根沒想過那種地方會躲著小孩子，所以一時疏忽了。她衝到那個人的跟前哀求，『我是孤兒，求求你帶我走』。」

「不簡單，還是個上幼兒園的小孩……」

舅舅佩服地說道。

「我聽到時也很驚訝。可以想見她從那麼小的時候，個性就非常獨立了。」

「俗話說得好，『從小看大，三歲看老』。」

「結果怎麼樣了？在三毛小姐的央求之下，那個人有什麼反應呢？」

我問。小淳刑警抿了抿嘴脣，這才接著說：

「那個人和藹地笑著這樣說道，『假如妳可以幫我守住這個祕密，我就收妳為徒』。」

「收為徒弟？」

這麼說，三毛小姐是……。

「就是那個人傳授三毛小姐成為守望者所必須具備的各種技術吧？」

「她是這麼說的。所以她能夠暗中守望某個人而不被周圍的其他人發現，也有辦法潛入任何場所確認在那裡發生的一切然後悄悄離開。她雖然沒有透露細節，不過我曾經親眼目睹過她發揮那種能力的場面。」

啪的一聲，舅舅朝大腿猛拍一記。

「就是在赤坂食堂發生的那起梅伯母遭到挾持的事件吧？」

小淳刑警驚訝地瞪大了眼睛。

「您知道那件事？是權學長說的嗎？」

「權藤兄才沒說呢。凡是與警方相關的案件，他絕不會向我吐露半個字的。那起事件我是從另一個管道得知的。所幸最後以平安收場，所以即使傳出去了也沒有大礙吧。」

「您說得是。」

那起案件我從沒聽過。簡單來講，就是以前赤坂食堂曾經發生過梅奶奶被當成人質的事件，而儘管有小淳刑警和權藤先生這兩位警察在場，最後出面解決的人實際上是三毛小姐。

總之，先知道這些就夠了，其餘的等一下再問。

「這下我總算想通了為什麼三毛貓的舉止步態和一般女孩不一樣。」

「不一樣嗎？」

我根本沒發覺。

「走路的方式不一樣，簡直像貓兒行走。讓體壇人士看了還以為她是體操選手呢。……嗯，先不談這個了。」舅舅接著說道，「換句話說，問題出在『那個人』身上吧？」

「是的。」

那個人？

「是指教導三毛小姐各種技術的那個人嗎？」

仁太舅舅和小淳刑警同時點了頭。

「若說今天的三毛貓是由那位人士打造而成的也不為過。」

「可以這麼說。可是自從她向我坦白了這件事以後，始終絕口不提那個人。彷彿要將那個人從我的心中，或者從她自己的心中徹底抹除。可是我認為，那是不應該的。」

打造出今天的三毛小姐的人士。

「稱得上是恩人了。」

舅舅說道。

「是的。依我推測，肯定是那個人帶給身為孤兒的她活下去的希望與能力，並且發掘她在美術和音樂方面的出色才華。然而，自從她和我交往以後，就試圖抹去那個人在她生命中留下的痕跡。我想了一下她這麼做的原因——」

仁太舅舅倏然張開右手掌朝前一送。

「因為你是刑警！」

小淳刑警臉色黯淡下來。

「正如您所說。」

這兩位對話的節奏太快了，幾乎只有他們聽懂彼此在講什麼了。

「等、等一下！」

因為他是刑警，因為她要成為刑警的女友、刑警的妻子，所以想當作那個人從沒出現過？

「是這樣嗎？」

「就是這樣。」

仁太舅舅讚許地點頭。小淳刑警也帶著苦澀的神情點了頭。

「換句話說，那個人的真實身分假如被小淳刑警知道就糟糕了，況且是很久以前的事了，希望當成從沒發生過。」

這麼說……。

「那個人是……？」

那個人的真實身分。他能夠藏身在任何地方、能夠帶出任何東西、能夠藏匿任何東西，並以迅雷不及掩耳之勢銷聲匿跡，誰也無法掌握他的真面目。

能夠辦到這種事的人……。

「不可能的任務？」

或者是……。

「007？」

也就是說……。

「他是間諜？」

若在現實世界中，就是各國情報機關人員。聽完我的推論，仁太舅舅一股勁地猛搖頭。

「不，不對吧。」

「不然是忍者嗎？」

「假如是忍者就有意思了，非見上一面不可，可惜想必不是。」

仁太舅舅緩緩起身，走向擺滿DVD的櫃子找了一下，抽出一片DVD。

「那個人不是伊森．韓特。」

舅舅拿給我和小淳刑警看的是由湯姆．克魯斯主演的《不可能的任務》的DVD。第一集的光碟片已經很舊了，令人懷念。

「而且呢……」

舅舅把那片DVD插回去，走了幾步又抽出另一片DVD。

「他也不是詹姆士．龐德。」

這個我也看過了，雖然沒有看過每一部。依我個人之見，007系列的頂尖之作是由丹尼爾．克雷格主演的《007：空降危機》。

「更進一步來說，也不是最近改編後的這兩個人。」

舅舅遞到我們面前的是剛上映不久的電影《紳士密令》。這是關於美蘇兩國探員拿破崙．蘇洛和伊利亞．科里亞金的故事。多年前的那部同名電視影集，我已經用舅舅的磁帶錄影機看過了。

「其他還有《神鬼認證》等許多諜報片，然而不是。現實生活中確實有很多間諜，但都不是。因此，最接近正確答案的應該是……」

舅舅又走了幾步，瀏覽櫃上的DVD。陳列在這些櫃子裡的電影光碟，舅舅理所當然知道每一片擺在什麼地方。

「以這類型人物為主角所拍攝的電影事實上並不多……對了，就電影而言雖稱不上是登峰之作，但這部片應該最為吻合實際的情境吧。」

仁太舅舅從櫃子裡抽出來的是……。

「《The Saint》？」

我沒聽過這部電影。

「沒看過。」

「這部電影改編自英國作家萊斯利．查特里斯的原著推理小說。主人公是一個名為西蒙．鄧普勒的男人，人稱『聖人』。」

「聖人？」

原來是直接引用主角的俗稱做為電影片名。舅舅微微點頭，繼續說道：

「大家稱他『雅賊聖人』。」

雅賊……。

「你剛才說過那個人是小偷吧，不是那種低俗的程度。在《魯邦三世》⑩甚至是《千面人》⑪這些虛構作品中出現不少神偷大盜，這些人物施展奇蹟般的精采手法，堪稱藝術家。」

---

⑩日本漫畫家加藤一彥的系列作品，主角魯邦三世被譽為世界第一神偷，在下手前會發出預告信。

⑪日本推理作家江戶川亂步的系列作品，反派主角千面人為膽大心細的易容高手，竊取藝術品前會去函敬告持有者。

舅舅接著補充，那就是所謂的「雅賊」。

「這麼說……」

收三毛小姐為徒的那個人……。

「就是『雅賊』嘍？」

「沒錯！」

仁太舅舅點了頭。小淳刑警只是沉著一張臉，一句話也沒說。

「可是，為什麼在日本的現代社會，還會出現這種『雅賊』呢？」

我剛問完，舅舅和小淳刑警頓時面面相覷。

「怎麼了？」

我忍不住反問。舅舅苦笑了。

「不怪你。那些東西出現之前，你還沒搬回這裡。」

「咦？」

什麼意思？

「大約三年前出現在這條花開小路商店街上、後來成為知名地標的那些東西，你不是天天都看得到嗎？」

「啊！」

我不禁大叫一聲。對喔，差點忘了，或者該說我看到了，卻根本沒放在心上，不像北斗和克己他們那樣尊崇。我那時候也看到了報上的報導，只覺得有點稀奇。

「Last Gentleman-Thief "SAINT"！翻譯過來就是『最後一位紳士雅賊——聖人』！」

「對。」

仁太舅舅緩緩地點了頭。

在花開小路商店街一丁目到三丁目的主街正中央，豎起數座高度超過三公尺的珍貴石雕美術品的英國雅賊。

「那個人就是三毛小姐的師父？」

十 證人（Witness）

做夢都沒有想過自己有一天會調查起那名雅賊的背景。我並不是不知道這號人物的存在。畢竟是發生在自己居住的小鎮上與美術品相關的奇妙事件，還牽涉到那個說不定曾經現身過的「在英國名聞遐邇的雅賊」。

剛發生的時候我媽媽也很擔心，仔細瀏覽每一則新聞。可是，由於整起事件太過荒唐無稽，新聞熱度很快就退燒，也無從得知相關細節了。

然而，三座神祕的石雕與傳說中的雅賊，這些軼聞竟為逐漸沒落的花開小路商店街帶來一線生機。

「對對對，就是那樣！」

拚命點頭的美代說。時間是辰爺爺昏倒的隔天，下午三點半過後。美代一如往常來到奈特咖啡館稍坐一下，順帶探問辰爺爺的病況。我剛好利用這個機會向她打聽。

那起事件發生大約三年前，人們懷疑 Last Gentleman-Thief“SAINT”再度現身了。

「聽說直到現在，國際間對那三座石像的搜查行動仍然持續進行喔。」

「國際間？」

「對。英國、法國和西班牙和日本之間。」

我一時不明白為什麼和外國有關，後來才知道那些國家各別宣稱其中某座石像是在該國失竊的，強力主張其所有權。

原來如此。

「可是，那些石像還沒有被判定是真品吧？」

「對。」

「而且也沒辦法驗明正身吧？」

「嗯，沒錯。」

之所以無法驗明正身，是因為石雕外面的玻璃保護罩內部附上一段警告文字：

「本玻璃罩具有防彈防爆功能，並於內部裝置強酸性藥劑。倘若移動或破壞此罩，人類將會失去堪稱珍貴藝術遺產的本作品，務請自重。　Last Gentleman-Thief“SAINT”」

並且，玻璃罩裡還留下一只繡著「saint」字樣的手套。

簡直像電影裡的情節。美代說，現在天天從旁邊經過已經不覺得稀奇了，剛出現的時候真的是驚天動地的大事。

「可是，真正的『雅賊聖人』不是表示這是贗品嗎？我記得曾經聽過，那號人物說真品一直在他手上。」

「嗯，是呀。」美代點了頭。「詳細狀況我也不清楚，好像某些專家信誓旦旦認定這絕不可能是贗品，到現在還在調查。不過，那裡是私人道路，沒辦法擅自調查。」

「什麼？那裡是私人道路？」

「你不知道？」

「誰的？」

「聖伯的。」

「聖伯？」

「正確來說，土地所有權屬於矢車家。你應該知道矢車家曾經是這一帶的地主吧？」

這個我知道。聽爺爺奶奶說過。

「所以，雖然中間出現了不少變化。總之，花開小路商店街的道路到現在還是全部屬於矢車家的私人道路，從事任何特殊活動之前要先得到矢車家的許可。當然，商店會的相關活動通常依循慣例，授權商店會處理，不必一一向矢車家申請路權。」說到這裡，美代噗嗤一笑。「老實說，我也是在那起事件發生之後才知道這些的。」

「是喔。」

原來有這層緣由。

「結果那些石像就這樣一直放在路上了。」

「沒錯。那些石像已經成為花開小路商店街的地標，由商店街自治會管理，每天負責清潔保養。」

「那個組織的中心人物是克己和北斗吧？」

「對對對！」美代笑著說，「我也是會員之一呢。等你加入花開小路商店會之後，也會輪到你負責喔。」

應該是吧。

假如我就這樣當上奈特咖啡館的老闆負責經營這家店，也就成了商店會的會員，如此一來，必須參加自治會的各種活動和例會了。

並且，我也要肩負起守護花開小路商店街上包括那些石雕在內的許多美術品，以及促進商店街繁榮興盛的任務。

如同博物館或美術館的展品，三座石雕皆附有解說牌。當然，由商店會發行的《花開小路商店街導覽地圖》上也印有解說文字。

坐落於一丁目的是〈苦惱的戰士〉，俗稱〈彼得那的劍鬥士〉。創作者為伊普索茲之子阿利圖斯的英葛西亞。

「本作品經過考證，被認為是根據西元前一〇〇年左右古希臘馬其頓戰士的作戰場面所完成的作品。高舉的手臂顯然為戰鬥中的姿勢，然而專家認為，作品名稱中之所以加上『苦惱的』這個形容詞，乃是因為這隻舉劍向上的右臂肌肉幾乎看不出絲毫力道。推測其理由，或為此戰士正在猶豫是否要對倒於地面的敵人給予致命的最後一擊，亦即，雖身為戰士，卻煩惱是否該奪走人命。另有一說，也許是此戰士已揮劍葬送敵人性命之後，拔出劍來慶祝勝利的剎那。創作者伊普索茲之子阿利圖斯的英葛西亞沒沒無名，美術史上亦僅見於此作品。這件作品乃是模仿西元前四世紀的雕刻家肯多西司研發的技術，強調人類肌肉極致之美的作品風格，有相當程度受到希臘文化之薰陶，引領觀賞者進入那如夢似幻的世界。」

位於二丁目的是〈古戎的五對翅膀〉，創作者為約翰．古戎。

「羅馬雕刻家約翰．古戎的代表作之一。古戎擅長從古羅馬時代流傳後世的許多奇妙故事中擷取一幕情景，以既寫實又充滿寓言氛圍的技巧創作。本雕刻作品是五個天使圍繞在貌似世界樹的一棵大樹旁呈現嬉戲般的舞姿，令人嘆為觀止。作品名稱雖是翅膀，實際上雕刻的並不是翅膀，而是粗厚的鎖鍊，亦即天使以自己的翅膀（鎖鍊）細縛自己的身軀，構圖相當獨特。頗得夏爾九世寵愛的古戎在多件作品中均以鎖鍊替代翅膀的意象，後人對此項解讀眾說紛紜。在五對翅膀（鎖鍊）當中，有兩對是雕刻成一邊伸向天際、另一邊則相反地深深沒入世界樹的根部底下，被認為可能是暗喻批判當時的宗教戰爭導致國家分崩離析。」

最後，聳立在三丁目的是最具知名度的〈海將軍〉，創作者為麥路易茲・布魯梅魯。

「許多雕刻均以海神波賽頓為題材，然而本作品卻是腓力二世為防衛巴黎而修建的羅浮宮，亦即日後的羅浮博物館所典藏的第一件雕刻品，堪稱彌足珍貴。創作者布魯梅魯之名僅刻於本作品上，其餘史料並無記載。作品的面容與後世流傳的海神波賽頓相貌差異極大，更像是一名學者或哲學家，被認為可能是按照腓力二世的容貌雕刻而成。本作品在當時的羅浮宮內或許具有要塞守護神的象徵意義，然而為何選擇了海神，藝術研究學者各有不同的觀點。此外，刻在底座上的並非海浪圖案，應該是星座，推測是當時的天文學家們透過某種方式要求創作者雕於此處。雕刻技法粗獷但充滿張力，與溫和的表情形成反差，成功打造出動人心魄的震撼性。」

這幾段完美的解說，連我這種對藝術一竅不通的外行人讀來也不禁點頭稱是。

至於為什麼〈海將軍〉的知名度最高，是因為這座石雕還有另一個名稱叫做〈愛的審判者〉，根據史料記載，有對情侶曾經在那尊雕像面前許下永恆之愛的誓言。因此，藉用這層吉祥寓意，商店會開始提出了在這座〈海將軍〉前面舉行結婚儀式的方案。

第一對新人就是克己和亞彌姊。

經過眾人的腦力激盪，這個將石雕與商店街的復興連結起來的點子廣受各方情侶的喜愛，截至目前已有共計二十一對新人在這裡舉行婚禮了。當然，整場婚禮由花開小路商店街傾力祝賀。

畢竟是商店街，結婚儀式上需要的所有物品一應俱全。

從各式花藝、結婚蛋糕、報婚鐘、婚禮結束後撒擲的米粒、紅地毯的布料等等一切張羅齊全，如果擔心觀禮賓客不夠還可找來商店街的成員，從老先生、老太太到小孩子統統出動，保證熱鬧非凡。

另外，就是那位雅賊聖人了。

Last Gentleman-Thief "SAINT"。

最後一位紳士雅賊「聖人」。

他是活躍於一九五〇年代末到六〇年代，偷遍全英國上流社會的無數藝術品和貴重物、但從來不曾被捕的世紀大盜。但凡住在英國、現年六十歲以上的人士聽到這個稱號，總會微微一笑，說著「噢，我還記得呢」，接著頻頻點頭回憶，「他既不傷人也不恐嚇，從不曾失風被逮。雖說是雅賊，實在值得佩服！」是的，別說照片了，至今沒有留下關於其相貌的描述，唯一的線索僅僅是留在現場的一只繡著「saint」字樣的手套。蘇格蘭警場保存這名罪犯的紀錄檔案編號是「BK17627444」，簡稱「444」。現在英國的紀錄片節目偶爾仍會以他為主題製作專輯報導，因此他的名字不曾從民眾的記憶中消失。

大概就是這些資料了。

雅賊，彷彿只會在電影或漫畫裡面登場的人物。有人懷疑那位雅賊聖人的真實身分就是聖伯。關於他的背景在報導裡完全沒提到，所以只能從之前克己和北斗稍微提到的內容得知，聖伯本來是英國人，後來歸化日本籍，從他的出身地、年齡，以及這幾座石雕出現的時機，綜合這幾項線索，全都指向聖伯就是雅賊聖人。

「關於這點，我剛才也說過，英國那邊傳來那個雅賊本人的否認聲明了。」

「這樣啊。」

「我只是聽說的，詳細情況不清楚，總之英國警方證實那項聲明確實出自雅賊聖人，所以這幾座石像是贗品的風波表面上就此告一段落了。」

原來是這麼回事。

到此，我總算了解花開小路商店街在出現神祕的石像之後，藉此契機恢復昔日榮景的完整過程了。

喝著可可的美代望著我。

「怎麼突然問起這個？」

「沒什麼。」

我不方便把昨晚小淳刑警在這裡說過的話轉述給美代聽。

「發生了一些事情，我覺得應該趁這個機會多多了解商店街。」

「這樣喔。」

美代點了頭。我故意語焉不詳，只希望她別訕笑肯定又和向仁太舅舅諮商的某人有關，逼我非說出實情不可了。

「如果想知道那方面的事，去問亞彌姊和克己最快了。」

「我想也是。」

「不過……」美代點著頭說，「大致上就是我剛才告訴你的那些，沒聽克己提過其他的了。」

應該是吧。另外，就算美代和三毛小姐有交情，大概也不會曉得昨天我從小淳刑警那裡聽到的那些隱私。

聖伯早在多年前就是花開小路商店街的知名人士了，想必之前傳聞聖伯可能就是「SAINT」時，商店街的人們必然嗤之以鼻。

可是，小淳刑警懷疑三毛小姐是那個疑似雅賊的徒弟，而那名雅賊很可能就是聖伯。懷疑，是刑警的本能。

這是個明顯微妙的命題。

我只能用明顯微妙這種完全矛盾的語法來形容了。

因為，小淳刑警是名為赤坂淳的刑警。逮捕罪犯是他的職責。

萬一聖伯真的是「SAINT」，小淳刑警自然不能置之不理。

昨天晚上，仁太舅舅也為難地說，這下傷腦筋了。

「麻煩大了……」

舅舅雙手捧頭，苦苦思索，頭髮幾乎都要揪掉了。

「很麻煩吧？」

我似懂非懂地問了一句，仁太舅舅抬起臉來望著我。

「豈止麻煩！如果是我就沒事了。」

「誰是你就沒事了？」

「倘若小淳刑警是我就沒事啦！」

兩個人完全屬於不同類型好吧。

「實在不懂你在講什麼。」

「聽好了，假設我是小淳刑警，哪還管三毛貓有什麼祕密！反正聽完以後馬上說自己已經忘得一乾二淨，趕快和她結婚才要緊，對吧？」

「我不太能接受這個假設前提，不過聽起來挺有道理的。」

「再說，就算換成你是小淳刑警，聽完以後一定會煩惱很久，但最終還是會選擇忘記吧？總之，一切問題的根源就出在那個小淳刑警身上啊！」

「嗯。」

舅舅點了菸，吐出一口菸氣。

「我看你大概不曉得小淳刑警是位多麼優秀、打骨子裡就是個徹頭徹尾的刑警，不如說給你聽吧。那小子身上有個開關。」

「開關？」

「ON和OFF的開關。切換幹勁的開關。平時看起來是個斯文男子，一旦偵辦案件時立刻變身為一名獵人。雖說是獵人，可不一定會唱那首〈梓二號特快車〉哦！」⑫

「我懂你的意思，只是這個哏未免太老了點。」

我想，大概只有四十歲以上的人才知道舅舅的這個冷笑話。

「權藤兄這樣說過。」

舅舅忽然變得一本正經。

「說什麼？」

「別瞧小淳刑警年紀輕輕，他在警界從沒見過面對案件採取行動時，能夠像他這樣同時秉

⑫「獵人」（日文原名「狩人」）為日本流行歌手加藤久仁彥與加藤高道兄弟檔組成的二重唱，一九七七年發行出道曲〈梓二號特快車〉隨即聲名大噪。

持冷酷與冷靜的傢伙。」

冷酷與冷靜。

這兩個形容詞完全不適合套用在小淳刑警身上。

「可是那個不歸他管啊？小淳刑警追捕的是搶劫殺人之類窮凶惡極的罪犯，但是竊盜是屬於權藤先生負責的範圍呀？」

「行竊也是犯法的。」

「話是沒錯……」

「問題是，小淳刑警在愛情和信念之間搖擺不定，他也拿自己不知如何是好。……注意聽我接下來要講的。」

「嗯。」

「如果培育三毛貓的師父確實是雅賊聖人、而其真實身分的確是聖伯，想必小淳刑警非得查個水落石出不可。以小淳刑警的作風，保證絕對會追查到底。然而，這樣的舉動等於是徹底掀開心愛的人不願被碰觸的過去。從旁人看來，這代表他並未打從心底相信三毛貓。」

「可是……」

我有個疑問。

「這些訊息是三毛小姐主動透露的吧？即使算不上是主動透露，至少釋出了線索，而小淳刑警也仔細聽進去了。」

「那正是我跟你說過的……」仁太舅舅皺起眉頭。「男女之間的那條深河啊。從朋友到情人的階段，這樣的反應可以接受，這表示對方非常相信自己；然而……」

我明白了。

「談到結婚，又另當別論了。」

「沒錯。尤其這兩個人和我完全不同，都是個性認真的好人。想必他們認為婚姻是彼此全盤接受並且與之白頭偕老。儘管這麼想，但兩人心裡仍有屬於自己的『準則』。」

「準則？」

「對。」舅舅嚴肅地抿了抿嘴唇，說道，「就是為了生存的獨特原則，也是一種本能。小淳刑警的自我準則是由自己照亮黑暗的本能；三毛貓的自我準則很有彈性，既可以融入黑暗，也可以在明亮中發光。現在，這樣的兩個人想要長相廝守。你覺得如何？」

這的確……

「很難。」

聽到我的答案，舅舅無奈地點了頭。

「是不是碰到棘手的事了？」

美代說。反正瞞她也沒用，我只好點點頭。

「是啊。沒關係，一定能找到辦法的。」

雖然我連一個好點子都擠不出來。美代輕輕點頭後，喝了一口可可。接著眼眉低垂，彷彿在想事情。

「……我跟你說。」

「嗯？」

她抬眼看我。

「仁太先生不在吧？」

我點了頭。舅舅已經起床了，在美代還沒來之前說要出去一下，到現在依然不見人影。

「小梢也沒那麼快到吧？」

「她今天要在學校準備校慶，晚點才來。大概再過一個鐘頭吧。」

剛才收到她傳的 LINE 了。

「可以聽我說些話嗎？」

「可以啊！」

美代輕輕呼了一口氣。不曉得要告訴我什麼。舅舅在場不方便說嗎？

「可能會變成煩惱諮詢，會不會造成你的困擾？」

「完全沒問題。」

朋友之間本來就該分勞解憂。況且我好歹是奈特咖啡館的一員。雖然現在還沒天黑，聆聽來到這裡的客人傾訴心事，是我們工作的一部分——這是仁太舅舅的教誨。

美代猶豫著該不該說。她遇到的問題很嚴重嗎？

「我……」

「嗯。」

「……喜歡仁太先生。」

我嚇得下巴差點掉下來，好不容易才讓上下嘴脣往中間靠攏。一時不曉得該怎麼回應才好，只能慢慢點了頭。

「你之前看出來了嗎？」

「沒有。怎麼可能看出來呢！」

我真的完全沒發覺。

不過，現在總算明白了。

自從我回到這裡以後，美代來到奈特咖啡館的次數變得很頻繁，外面風傳她似乎對我有意思，其實根本沒那回事。我以為只是店裡有我這個同學在，所以她才常常來。

原來是因為這樣可以名正言順地見到仁太舅舅。

「呃，那有什麼問題嗎？反正我舅舅是單身。」

「可是，他宣稱自己是同志。」

「之前不是告訴過妳，那應該是騙人的。」

我有十足把握。這是身為同志的第六感。只是基於第六感，所以拿不出證據，反正就是感覺得出來。

「我實在不懂仁太先生為什麼要編造這種謊言。會不會單純是討厭女生呢？」

「這個嘛……」

我也不懂。舅舅的確有可能抱持單身主義，畢竟他流浪成癖，不願意受到任何人的束縛。

如果是基於這個因素而對女性敬而遠之，我可以理解，但實在沒必要為此假裝自己是同志吧。

美代的表情有點難過、有點沮喪，又有著不知道該怎麼辦才好。這是我第一次看到她臉上出現這種神情。不過，這或許也是第一次有女生和我商量愛情的煩惱。

真希望能幫幫她。

「妳和我舅舅相差二十歲以上吧。說這個也無濟於事就是了。」

美代緩緩地點頭。

「這樣的年齡差距足以當父女了。」

說來汗顏，我這個外甥不知道仁太舅舅的正確年齡，印象中小媽媽三歲，那應該是四十六歲。美代和我同為二十四歲。也就是說，兩人相差二十二歲。

「雖然沒有問的必要，還是想請教一下令尊貴庚？」

「大仁太先生六歲。」

五十二歲。五十二歲的國元老闆和四十六歲的仁太舅舅。假如仁太舅舅和美代結婚了，那麼翁婿兩人僅僅相差六歲而已。

我不是不知道，有句老話叫「真愛無關年齡」。我大概可以懂得這兩者間沒有必然的關係，只是萬一美代的爸爸得知女兒愛上一個熟齡男子，想必內心五味雜陳。

更何況對象是仁太舅舅，雙方相識已久。舅舅在音樂領域同樣有所涉獵，與國元老闆時常相談甚歡。

美代點點頭，小巧的下巴隨之動了動，臉上明白地寫著：這些顧忌她都明白。

「喜歡上了我也沒辦法嘛。」

說完，她輕吁了一聲。

「從什麼時候開始的？」

「從高中一直到現在。」美代接著說，「仁太先生一直是我仰慕的人。小時候就覺得他是個喜歡陪我們開心玩耍的鄰居叔叔。」

「我想也是。」

這個我知道。舅舅在女性和小孩之間享有超高人氣。他喜歡小孩，性情溫文，大家都喜歡他。只是他身上有著一種不太尋常的氣質，因此從未傳出與女性相關的緋聞。

「仁太先生幾乎不和人出去聚餐喝酒。」

「是啊。」

儘管貌似花花公子，但他從不涉足有小姐坐檯的店家。所以大家自然而然接受了他自稱同志的說法，但卻從沒見過任何一位男性密友來到這家咖啡館。

「沒看過像那樣的人來這裡。」

「是啊。」

所以才說，第六感告訴我，舅舅不是同志，而是刻意避免與女性接觸。對待女性和小孩那麼溫柔的人，絕不可能會厭惡女性。

「會不會是他已經決定這輩子不和女人結婚了。」

「嗯……」

有可能。所以他才約束自己，不和任何女性有那方面的接觸。

「妳是不是認為，舅舅在世界流浪時曾經發生過什麼事，造成他現在的這種心態。他的那段過去這條街上誰都不知道，所以想來問問我這個外甥？」

嘴脣緊抿的美代點了頭。

她曾有意無意地探問舅舅以前是不是發生過什麼事，但舅舅只笑著敷衍過去了。美代也問過我，無奈我真的什麼都不知道。

不過……

權藤先生一定知道。

「聽我說……」

「嗯？」

「這件事我覺得告訴妳應該無妨，所以才讓妳知道。」

美代閃亮亮的眼睛裡盡是期待。

「是關於權藤先生的事。權藤先生十分信任仁太舅舅。」

美代側著頭想了一下，然後點頭。

「說得也是，的確有那種感覺。」

「而且信任的程度非比尋常。按照小淳刑警的轉述，權藤先生是這麼說的，『這世上能讓我無條件信賴的，只有圓藤仁太一個』。」

「無條件信賴！」美代眼睛瞪大了些，驚訝地重述了一次。「真的很不尋常耶！可以說是甘願把命交在對方手裡了。」

「我也這麼認為。那段話值得玩味。除非碰過什麼天大的事，否則不會那麼真摯。」

「也就是說……」美代瞇起眼睛推敲，「之前聽過他們在紐約見過面，會不會是當時發生過不得了的大事，使兩人建立起這種信賴關係？」

不愧是美代，腦筋轉得真快。

「所以我覺得……其實是剛剛想到的。」

「剛剛想到什麼了？」

「而且，舅舅現在這樣的生活方式，說不定和權藤先生與他之間發生過的事也有極大的關聯。」

我腦中突然冒出這個念頭。

「這個嘛……」

美代嘟囔著，手環胸前，想了好一會兒，忽然像是發現新大陸似地抬頭看我。

「堂本！」

「嗯？」

「是不是我的告白剛好連結到你們最近碰到的那件棘手的事，所以才突然想到的？」

或許她說得對。

「等一下，讓我想一想。」

說著，我張開右手掌往美代面前一送，就在同一刻店門被推開，隨著活力十足的一聲「午安——！」小梢剛蹦進門裡，猛然瞥見我的動作，還以為是朝自己比劃的。

「怎麼了？什麼事？」

「啊，喔，沒什麼，妳可以進來預作準備……稍微等我想一下。」

「等什麼？」

「呃，不是讓小梢等我想——」

不對，等一下。

和小梢會不會也有相關呢？

對了，還有仁太舅舅和權藤先生女兒澀澤結衣之間的事。

「讓我想想……」

我瞄了一眼時鐘，距離供應晚餐還有一些時間。

昨天接受的諮商案有兩件，一件是小淳刑警和三毛小姐的結婚阻礙，另一件是赤坂食堂的何去何從。

其中還牽涉到聖伯的真實身分。

假如聖伯真的是傳授三毛小姐各種技藝的那位雅賊聖人，小淳刑警絕對無法將此事深埋心底。首先，他必定會展開縝密的多方調查。其實不查出真相對大家都好，但是小淳刑警的立場不容許自己如此便宜行事。

嗯，這是個大問題。

然後，若想調查聖伯的身分，勢必會牽涉到他女兒亞彌姊和亞彌姊的丈夫克己。絕不可能在這兩人不知情的狀況下順利查出聖伯的經歷。而一旦著手調查，不論調查者是誰，大概都會一秒惹怒這兩個人。不生氣才奇怪。讓亞彌姊和克己火冒三丈有多可怕就用不著多說了。這樣一來，向來和睦的鄰居關係必定會產生變化。

這也是個大問題。

緊接著，小淳刑警和柏克萊的奈緒是表兄妹，一旦發生這種狀況，奈緒自然不可能置身其外，而她的未婚夫北斗也沒辦法坐視不管。

問題愈來愈大了。

萬一仁太舅舅為了解決小淳刑警的苦惱而與聖伯正面交鋒，後果恐怕不堪設想……不，不是恐怕，而是形同火車對撞的慘烈結局了。畢竟雙方在本地的名氣不相上下。

並且在過程中鐵定又會牽涉到權藤先生和仁太舅舅的過去。就算聖伯不清楚仁太舅舅的那段過去，可是言談間似乎透露出他略有所聞，到時候絕對會舊事重提。

對了，這樣一來，事情又會扯到權藤先生的女兒結衣身上了。雖不知道為什麼，但結衣肯定知道仁太舅舅和權藤先生之間發生過什麼事，所以才會有那種舉動。

我不由得渾身顫抖。

說不定會演變到一發不可收拾的地步。

赤坂食堂

奈特咖啡館

白銀皮革店

松宮電子堂

柏克萊

光是店鋪已經牽連到五家了。再加上聖伯，或者說矢車家原本是花開小路商店街的大地主。

如果要解決這個問題，整條商店街大概都會被捲進這場風暴之中。

美代一臉憂心，靜靜地等著我思考。

小梢一邊套上圍裙，一邊狐疑地瞅著眼前這個不知道在想什麼的男人。對了！舅舅說過，要讓小梢對小濱徹底死心，有三種可能性。

第一種是聖伯，另一種是名為「時間」的良藥，最後一種是萬一事態發展成聖伯以及名為時間的良藥全都不管用，只好使出終極祕密手段了。當時舅舅也提到了聖伯。這代表若是追根究柢，或許小梢也會受到波及。

整件事牽扯的範圍太大、太複雜了，簡直盤根錯節。

我抬起頭，只見美代和小梢並肩坐在櫃臺前盯著我看。

「想出什麼好點子了嗎？」

「拖拖拉拉的到底在想什麼啊？」

兩人同時開口問我。

「對不起，完全想不出什麼好點子，反而愈想愈糊塗了。」

這是真話。

我已經弄不懂自己該想什麼才好了。面前的兩個人互看一眼，表情複雜。她們根本不知道我在想什麼。

「我是不清楚怎麼回事啦，可是小望，你那張苦瓜臉看起來很窩囊耶！」

喂，小梢，講話沒大沒小的！算了，不計較了。

這時，店門又被推開了。

這回是慢慢打開。

「午安。」

一個短髮女孩走了進來。

「哦？」

「歡迎光臨——！」

小梢高興地喊著，一路蹦跳到那女孩身旁摟著肩。

「芽依！」

是韮山花坊的芽依。

「歡迎光臨。」

我剛說完，只見芽依和小梢親暱地牽著手晃呀晃地看著我，笑得很開心。

她們……？

「妳們兩個是朋友嗎？」

「不行嗎？」

「是呀！」

兩人同時笑著回答。原來如此。聽說芽依沒上高中，但已經拿到同等學力資格了。兩人年紀差不多，又住得近，結為好友也不奇怪。

芽依小心翼翼地看著我問：

「聽說小梢開始在這裡打工了，我今天剛好休假，所以過來找她……」她說到這裡停了一下，「是不是現在不方便？還是我改天再來比較好呢？」

「別這麼說，歡迎妳來！」

芽依即將成為韮山花坊的新一代店花。她天天在店裡接待客人，觀察顧客的需求並且完成生意。換句話說，比起我這個新手，她更懂得察言觀色。

想必她是看到我臉上沮喪的表情才會這麼問的。

「沒事沒事，請坐。現在吃晚餐有點早，需要的話也可以先做喔。」

「別在意，他今天好像有些煩惱，不過飯菜的滋味保證好吃！……對了，芽依說她也要租片回去看。吃完晚餐以後，可以給她學生優惠免費看一部吧？」

到底哪來的學生優惠啊？還有，妳憑什麼大模大樣，當自己是這裡的資深店員呢？也罷，這些小事就不跟妳計較了。

「好啊。芽依是第一次光臨吧？」

「是的。這裡好有氣氛喔！」

「對吧？我頭一次進來的時候也嚇了一跳，和外面看起來完全不一樣，感覺滿不錯的。」

「很多客人都這麼說。」

芽依在店裡參觀。美代面帶微笑地看著兩個嘰嘰喳喳的年輕女孩。有她們兩個在，沒辦法繼續剛才的話題，只能以後再找時間談了。

不過，唉，我不能把美代的事告訴仁太舅舅。

應該講，說是可以說，但是一旦說出口，等於同時宣告了美代的失戀。真希望能夠找到方法不讓事情演變成那種結局，可惜以我微薄的力量，大概不可能瞞過舅舅那雙飽經世故的慧眼。

「請問一下……」

說話的人是芽依。

「什麼事？」

「貴店不擺花嗎？」

「花喔……」

整間店連一朵花都沒有。只有兩盆葉子很大的觀葉植物，連名稱是什麼都不曉得。

「要不要試試看呢？」芽依看著我說，「如果您有什麼煩惱，在店裡擺放花卉可以換個心情，說不定能讓事情出現轉機喔！」

十一 紐約之心（New York State of Mind）

想想，這應該是我第一次到花店買花。花乃子姊聽我這麼說，點點頭露出微笑。

「大多數男士都是這麼說的，『這是我第一次買花』。」

「哦，果然和我一樣！」

「不過，我時常覺得很奇妙。」

花乃子姊說。

「什麼事奇妙呢？」

「為什麼只有女生對花有興趣，男生對花卻一點興趣也沒有呢？當然也有例外，可是通常男孩天生就對汽車和武器感到興趣，而女孩喜歡用娃娃玩扮家家酒。」

「喔，的確有這種情形。」

這個我深有體會。媽媽說過，我小時候很自然地喜歡上車子，還會把汽車廣告單上的車子剪下來。

「會不會和DNA編碼有關呢？」

「說得也是。」

聽芽依說過之後，我不知不覺地走到了韮山花坊。連自己也不清楚為什麼會來到這裡，大概是聽到芽依建議「在店裡擺上花卉很不錯喔！」之後覺得不妨一試，就這樣來了花店。

「昨晚芽依租回來的那部片我和她一起看了。《愛情，不用翻譯》，太感人了！」

花乃子姊露出微笑。這表情真的和她的名字一樣，笑靨如花。這樣的人經營花店，不得不說是老天爺特意安排的最佳人選。

「那麼，想挑什麼樣的花呢？要擺在店裡的吧？」

「是的。可是我一點概念也沒有，該怎麼挑選才好呢？」

「嗯……」

花乃子姊微偏著頭，眼眉低垂地思索。她的側臉美得宛如一幅肖像畫。克己說過，花乃子姊結婚時這一帶好多男人傷心得哭了，我覺得這句話應該不誇大。就連身為同志的我見到花乃子姊，也覺得美麗又溫柔的她正是心目中最完美的伴侶。

回過神來，花乃子姊已經抬眼凝視著我了。那雙深邃的眼眸，彷彿會將所有的一切全都吸進去。

「例如，」花乃子姊點頭說，「像這樣的花藝擺飾……」

花藝擺飾？花乃子姊把一只擱在桌面上插著各色花朵的花籃遞給了我。

「在店裡最大張的桌面正中央放上像這樣的花藝擺飾，喜歡嗎？」

「好漂亮喔！」

真美的花。即使是對花卉一竅不通的我，看到花還是覺得很漂亮。

「再來是……」

花乃子姊接著走了幾步，從一個大桶子裡抽出了幾支花。是紫色的花。她正要將那束花遞過來，忽然頓了一下。

我正覺得奇怪，這時花乃子姊笑了笑。

「這種花叫做紫羅蘭，在小桌子插上一朵很好看。貴店的牆面之間有幾根木頭柱子吧？」

「有。」

「我這裡有恰好適合掛在木柱上的花瓶，覺得如何？花瓶可以免費贈送。」

「不錯喔！您的建議我都很喜歡，可惜預算不多。」

「別擔心。」花乃子姊笑了。「我會給優惠價。不過，奈特咖啡館裡面比較暗，至少在柱子插幾朵花、大桌子擺放花藝裝飾，再加裝幾盞燈，讓光照在花上，我想一定能將店裡營造出不同以往的氣氛。」

說完，花乃子姊將名為紫羅蘭的花束輕輕地交到了我手上。

就在這一剎那。

以前的漫畫人物頭頂上常會浮著一顆電燈泡用來比喻靈光一閃。此時此刻的我，完完全全就是這種情境。

就是這個！在我根本還不確定自己想到了什麼之前，已先冒出「就是這個」的念頭了。我是在凝視著花乃子姊的眼睛時，突然想到了。

「花乃子姊！」

「請說。」

「我晚一點再過來買花。我要先改裝店面！」

「改裝？」

「啊，不對，是重新布置！等到調整完畢之後，再麻煩您來幫我們插花做為慶祝！」

三毛小姐和小淳刑警的未來，以及包括這件事在內的諸多問題。任憑我絞盡腦汁，總想不出能夠圓滿解決的方法。

不過，我能做到的是把大家邀來奈特咖啡館。

名義是協助奈特咖啡館重新布置。

重新布置說起來簡單，但是店裡收藏的DVD和VHS為數龐大，我想連仁太舅舅也不知道正確的數量。我打算把所有的光碟片從櫃子裡拿出來擦拭，能夠移動的木櫃都要挪開並且清掃乾淨，桌子的位置也要考量到花藝擺設的搭配，然後再把DVD和VHS放回原位。如此費工耗時的作業光靠我和仁太舅舅兩個人，至少得花上整整一星期。

我想請大家一起幫忙。

三毛小姐、小淳刑警、美代、小梢、澀澤結衣。如果這些人手還不夠，不妨連濱崎先生和他女兒佐奈，甚至是聖伯、克己和亞彌姊，以及北斗和奈緒，別忘了還有權藤先生，把他們統統找來好了。

我會拜託這些相關人士有空的話務必前來，還會親手烹煮出最美味的飯菜請大家享用。若問這樣做能解決什麼問題我也答不出來。說不定什麼問題都解決不了。只是覺得現在這個時間點，非得讓大家聚在一起不可。

所以，我告訴仁太舅舅了。在深夜一個客人也沒有的時候。

舅舅心領神會般點了頭。

「嗯，重新布置……」說著，他朝店裡打量了一圈。「加上花藝擺設……這樣啊……」

說完，舅舅兩手抱胸，闔上雙眼，低頭沉思。這時他的腦海裡應該交織著各種場景吧。

仁太舅舅所謂的「司空見慣的情節」，想必是指電影的梗概。

自從電影誕生至今，少說已經拍出幾億部作品了。每一部作品訴說一個故事，那些故事就是人們的樣貌。仁太舅舅的大腦裡儲存著觀賞過的高達幾十萬部的電影故事。

那些故事，成為他深夜諮商時解決問題的線索。我想一定是這樣的。

「嗯。」舅舅點了頭。「你靈機一動，心想只要把三毛貓和小淳刑警找來店裡並在這裡插上花，就會發生某種變化？」

「不只他們兩個，而是把大家統統找來。」

「統統找來……」

舅舅會意地再度點著頭，望著我尋思。難得看到舅舅這樣思考良久，一句話也沒說。

「這將成為某種……新契機？雖不盡然，但也相去不遠。不是常有人藉由搬家來改變人生嗎？心情煥然一新，原本停滯不動的東西也會再次恢復運轉。」

我也是基於這個理由才回到這裡。

「而這次的重新布置，就等於是搬家的迷你版。」舅舅又一次認可地點了頭。「更何況這也是為了三毛貓和小淳刑警幸福的未來。」

「對。」

我隱約覺得，這麼做不僅是為了他們兩人，也會幫助美代、小梢、結衣等人跨出一步。只是隱約覺得而已。

「花藝擺設……」

仁太舅舅又複述了同一句話。

「只是剛好在買花的時候想到這個點子而已。」

其實應該說是芽依讓我動了這個念頭。

「這麼說來……」舅舅深有感觸地說道，「店裡從沒擺過花。」

「是啊。」

「部分原因是我刻意閃躲。」

「刻意閃躲？」

為什麼要躲花呢？

「對花粉過敏嗎？」
「不是那個。只是一想到花乃子就頭大。」
「咦？舅舅一想到聖伯就頭大，想到花乃子姊也頭大嗎？」
「沒錯。花乃子和聖伯都一樣，你也當心點。凡是眼睛和花乃子長得一樣的女生，別想在她們面前撒謊。」
我不懂舅舅在講什麼。不過，一般男人在花乃子姊那雙水汪汪眼睛的凝視之下，大概都會一五一十主動招認吧。
這麼說，舅舅害怕的人，就是這種無法在他們面前說謊或虛張聲勢的類型。
「話說回來，」舅舅鬆開環在胸前的手，響亮地拍了一下。「的確是個好主意！好，小望！」
「嗯？」
「其他的交給我，你只要負責訂定日期。這回的主角是小淳刑警和三毛貓，以他的輪休日為主，其他人能來的就來。萬一臨時發生案件，小淳刑警來不了，那就當場取消另找一天。這項任務可不輕鬆喔。」
「沒關係。我能做的就是打掃和做飯，其他統統麻煩舅舅可以嗎？」
「開玩笑！」仁太舅舅露出洋洋得意的笑容。「本大爺可是奈特咖啡館的仁太哩！」

首要之務是找小淳刑警。我隔天晚上去他家講了這件事。雖然刑警的日程表隨時都會機動調整，我們還是把日期訂在這個星期六，也就是三天後。他目前排定當天輪休，除非臨時發生重大案件就得立刻歸隊了。

關於這點，只能求老天爺幫忙了。我轉達仁太舅舅好像想藉這次機會促成某事，請小淳刑警務必協助，他聽完以後誠懇地點頭答應，並說一定會和三毛小姐過去幫忙。

小梢原本就會來打工，美代從樂坊溜出來也不是難事。

比較棘手的是結衣和聖伯。既然要找結衣，就不能不請權藤先生；若要邀請聖伯，也得叫上克己和北斗。反正即使沒開口，克己和北斗也會跑來幫忙的。

問了仁太舅舅，他同意讓結衣參與。舅舅說由他轉告權藤先生。權藤先生也是刑警，不確定當天有沒有空，至少結衣應該可以過來。

至於聖伯，只要對克己和北斗說需要他們的一臂之力，這個消息自然會傳到聖伯耳中，不必特地去邀請。

剩下的部分就順勢而為了，也希望盡量順其自然。

我要準備的，只有大家的午餐和晚餐。

還有掃除用具。

星期六一早就是個大晴天，可說是重新布置的最佳日子。平常根本沒辦法早起的仁太舅舅，這天早上九點就自動起床了。

「收到小淳刑警的訊息了，他說下午可以過來。」

「天助我也！」

舅舅說，只是調整室內擺設而已，不必麻煩大家一整天都待在這裡幫忙，只要大功告成時全員到齊就可以了。

早上就到的人有小梢、美代、克己以及北斗，這幾位都是常來的朋友。令我意外的是，芽依也來了！問了之後才知道，花乃子姊覺得這樣的機會很難得，建議她全程參與，直到最後完成花藝擺設為止。我是不知道這樣的機會算不算難得，至少和她要好的小梢也在，應該挺開心的吧。

總而言之，第一項工作是清掃。每天眼睛看得到的地方當然都打掃乾淨了，難免有一些邊邊角角的小地方以及搆不到的區塊實在無能為力。

「做起來很有成就感耶！」

克己興奮地說。我想起來了，克己小時候就很喜歡把環境整理得乾乾淨淨，特別是爬上高處掃除。小學時他還曾經把兩張課桌疊在一起站到最上面準備擦拭日光燈，被老師發現後臭罵一頓。

「麻煩女子軍團整理ＤＶＤ之類的小東西吧。」

仁太舅舅說道。我只管把光碟片放進箱子裡拚命往二樓搬。小梢、美代和芽依負責從箱子裡拿出來放在桌面清理外盒上的灰塵髒汙。同一時間，克己、北斗和仁太舅舅很有效率地打掃一樓區域。

「小望，你的房間順便整理一下。」

「我的房間也要？」

「沒錯！」舅舅露出胸有成竹的笑容說道，「還有我的房間也是。趁這個機會來個全面大掃除！」

要做到這個地步哦？

午餐準備的是飯糰。飯糰的餡料有乳酪柴魚片、鹹梅乾、鮪魚沙拉這三種。另外煮了味噌湯，湯裡放了滿滿的地瓜、洋蔥、紅蘿蔔、牛蒡和豬肉，幾乎可以說是豬肉味噌湯了。可惜來不及備些醬菜，否則保證更加胃口大開。

中午過後，忙完要事的小淳刑警和三毛小姐相偕到來。三毛小姐是美術方面的專家。我幾天前已託小淳刑警代為轉告，如有任何輕鬆變換室內風格的好點子，還請她不吝分享。

奈特咖啡館的櫃子有固定式和移動式兩種。

「乾脆把多餘的櫃子收進倉庫裡。沒有必要把所有的光碟片全都陳列在櫃上。」

仁太舅舅提議。我也有同感。

「如此美麗的壁面不應該被擋住，顯露出來比較大器。」三毛小姐表示贊同。「應該盡量展現店裡殖民風格的裝潢設計，否則太可惜了。」

三毛小姐說得太有道理了，眾人無不點頭稱是。於是，在三毛小姐的指揮之下，小淳刑警、克己、北斗和我分工合作，忙著拆解擦拭以及搬移櫃子。

「嘿，久等啦！」

嚷嚷著踏進店裡的是權藤先生，還有他女兒結衣。

「您今天有空?」

小淳刑警略顯訝異地詢問。權藤先生笑著回答，能有陪在女兒身邊的大好機會，就算蹺班也非來不可。

「仁太，這麼大陣仗啊?」

權藤先生問道。仁太舅舅不禁苦笑。

「感謝各位的踴躍參與。不敢勞駕您做粗活以免傷了腰，麻煩到二樓幫忙整理DVD，結衣同學也是，樓上有幾個和妳年紀相仿的朋友喔。」

許久不見的結衣依然是個清爽俐落的女孩。站在爸爸的旁邊，任誰看了都不覺得是一對父女，應該是長得像媽媽吧。

結衣看起來有點迷惘。這也難怪，沒來由地突然被找來幫忙咖啡館重新布置，換成是誰都會困惑。

但是，她看來似乎有點雀躍地期待接下來會發生什麼新鮮事。我相信她和芽依以及小梢一定很談得來。

仁太舅舅難得親自動手為大家調製了蜂蜜檸檬蘇打，點心時間則送上我事前烘焙的奶油蛋糕。

家具定位總算告一段落時，花乃子姊送過來的花藝擺設讓店裡蓬蓽生輝，掛在壁面木柱上的瓶花也很雅致。

「這是什麼花呢？」

這次送來的花和上回在花店裡看到的不一樣。我問了花乃子姊，一旁的芽依滿臉欣喜地代為回答：

「這是馬鞭草！[13]」

「馬鞭草……」

我第一次知道有這種花，真漂亮。

多虧大家鼎力相助，不到下午四點就差不多完工了。只剩下把ＤＶＤ和ＶＨＳ歸位，這部分由我和仁太舅舅來收尾即可。

從明天起，來到這裡的顧客看到這不同以往的變化一定大為吃驚。原本的昏暗陰森一掃而空，店裡敞亮寬廣，簡直像一家美式殖民風格的餐廳，甚至還擺飾著花。

以前我對花沒有興趣，現在看著插在店裡的花，感覺還滿不錯的，不僅呈現新氣象，心情彷彿也跟著變好了。

「那麼……」

仁太舅舅請大家各自找位置坐下。三毛小姐和小淳刑警、小梢和美代、克己和北斗、權藤先生和結衣，三三兩兩地分別在沙發和椅子落坐。

舅舅獨自站著，朝在場的各位看了一圈。

「感謝大家今天的熱情幫忙，稍後請享用小望精心準備的晚餐。這裡有好幾個年輕女孩不方便待太晚，有幾件事請讓我在各位用餐前先說一下。」

大家雖然不知道仁太舅舅要說什麼，仍是看著他紛紛點頭，請他不必客氣。

「小望。」

---

⑬本系列第三集《花開小路二丁目的花乃子小姐》中提到，馬鞭草的原文 verbena 有『女巫的藥草』的意涵，具有敞開心房以及家庭和樂的功效。

「有！」

「你去接手赤坂食堂。」

仁太舅舅對著我說。

我不明白舅舅在說什麼……呃，他說的每一個字我都聽得清清楚楚，只是不明白為什麼會對我說這句話。

「確定這句話是對著我說的？」

我以為應該是對著小淳刑警或三毛小姐說才正確。問完以後，我朝小淳刑警和三毛小姐的方向瞥去，只見他們兩人臉上出現同樣納悶仁太先生剛才那句話是什麼意思的表情。

「確定！」舅舅咧嘴一笑。「我總不至於這個年紀就犯痴呆了吧。小望，前陣子辰伯伯不是誇獎過你做的飯好吃，說你有天分嗎？」

辰爺爺的確誇獎過，於是我老老實實地點了頭。

「據我所知，辰伯伯專程到某家店品嚐並且稱讚廚師的手藝，你是唯一的一個。」

「真的嗎？」

我不由得看向小淳刑警，他同樣有些詫異。

「我不知道這件事，不過……」小淳刑警接著說，「爺爺確實稱讚過小望君做的餐點。」

「我也聽爺爺這麼說過。」

補充的人是三毛小姐。

「爺爺說，年紀輕輕就擁有那麼敏銳的味覺，如果在這花開小路商店街開家餐館，一定門庭若市。」

我很驚訝，沒想到辰爺爺並不是說客套話，而是真心器重我。

「正因為如此，才讓你去接手。」舅舅開口說道，「小望，你和一般人一樣上了大學，畢業後進入公司上班。雖沒有鶴立雞群的才華，但工作認真負責，這一點我很清楚。然而，你卻無法繼續待在職場，不得不辭去了工作。至於原因，必定是頂頭上司是個眼界狹隘的傢伙，無法接受你的某一部分，對吧？」

「可以這麼說。」

我點了頭。辭去工作前後的那些紛紛擾擾，我並未詳細告訴舅舅。因為回到這裡的時候，舅舅一句話也沒多問，只用溫暖的笑容接納了我。

「人有百態，人生更有萬象。有的人喜歡親手打造歸宿，有的人會不停尋覓歸宿；有些人能夠隨遇而安，有些人會在逆境求生。不甘心於自己與他人的不同、一再懊悔過去的隱藏逃避與不夠忍耐，那些全都於事無補。重要的是，接下來該如何活出自己想要的樣子。小淳刑警，你說是不是？」

小淳刑警肯定地點了頭。

「我也這麼認為。」

「你是刑警，想必目睹過不少人性的黑暗面，與此同時，也領悟到命運操之在己，是吧？」

「是的。」

「三毛貓想必更能體會箇中甘苦，自怨自艾是毫無用處的。」

三毛小姐的笑意中透著一絲感傷。

「您說得是。」

舅舅看著我。

「就是這麼回事。」

「什麼意思？」

「你回到這裡，喜歡上創作餐點供人享用的成就感，並且將之轉化為商機，這就是你人生的第二階段。至於第三階段就是接手赤坂食堂，將辰伯伯的味道永遠留在花開小路商店街上。」

仁太舅舅露齒而笑，搭著我的肩。「這裡有許多夥伴願意敞開心懷，接納你的一切。小望，你要在這條花開小路商店街上，繼續開創自己的人生。你不喜歡站在赤坂食堂的廚房裡每天回答顧客詢問：『小望，今日特餐是什麼』嗎？」

怎麼可能不喜歡呢！自從來到奈特咖啡館，擬定和烹調不與商店街其他餐廳菜色重複的晚間特餐，成了我最快樂的時光。

「如果有幸在赤坂食堂掌廚，我可以在目前的日式套餐菜單上增加一些原創料理。」

「是啊。」舅舅露出欣慰的微笑。「這樣讓年輕人接手老店才有意義。小淳刑警，你覺得如何？事實上，這件事我和辰伯伯已經談妥了，現在才告訴身為孫子的你，有意見嗎？」

「怎麼可能有意見呢！」小淳刑警搖頭否認，笑著看向我。「只要是爺爺希望由小望君繼承赤坂食堂的味道，我感激都來不及了，怎會有任何意見呢！」

「好！」

仁太舅舅拍了一個響掌，以示功德圓滿。美代、克己和北斗都看著我，臉上難掩欣喜之色。

「接下來是，三毛貓。」

「我嗎？」

三毛小姐一臉不解地看著舅舅。

「小望離開之後，這裡交給妳。」

「交給我？」

三毛小姐眨了眨眼睛。

「不必保留這塊奈特咖啡館的招牌。看要把這地方改成藝廊，還是音樂展演空間，一切隨妳喜歡。」

三毛小姐捂著胸口，看起來真的非常詫異。她轉頭和同樣震驚的小淳刑警面面相覷。

我當然也嚇了一跳，一時沒能反應過來。

「用不著我多說，妳和小淳刑警結婚後就住在這裡吧。二樓很大，只要重新裝潢一下，生了孩子也夠住。啊，不是讓你們住免錢的喔！」仁太舅舅促狹地笑著說，「這裡的地主是住在後面的我老爸，別擔心，我會請他給個破盤優惠價。如何，這筆交易划算吧？」

「仁太先生，這未免——」

小淳刑警急著說些什麼，舅舅猛然朝前推出右掌，攔住了他的話。

「小淳刑警，婉拒也沒用。我已經做了決定，也徵得辰伯伯的同意了。」

「爺爺同意了？」

「當然，梅伯母也答應了。兩位老人家喜出望外，直說這下子總算能幫你們兩個辦喜事了。喔，有件事應該先說才對。小望自然得住在赤坂食堂的二樓，所以你們等於交換職場。當然，等到辰伯伯康復以後，即使無法再重拾鍋勺，還是可以嚴格訓練小望。你們瞧，如此英明的決斷，堪比古代的大岡忠相[14]吧？」

大岡忠相……。

想想，舅舅的話也沒錯。這樣一來，小淳刑警就不必擔心三毛小姐的才華被埋沒了。

「噢，差點忘了小梢！」

「我？」

小梢訝異地瞪大了眼睛。

「妳照樣在這裡打工。三毛貓一個人沒辦法打理這麼大的一家店，無論要改成哪一種用途都得有人手，正需要像妳這樣伶俐的工讀生留下來幫忙。如果妳願意，高中畢業後繼續在這裡工作也挺好的。妳的精明能幹，一定可以成為三毛貓的助力。」仁太舅舅給了小梢鼓勵的笑容。

「妳很想工作吧？妳想幫獨力扶養妳的媽媽減輕經濟壓力，可是媽媽不肯，她希望妳升上大學繼續讀書。」

「您怎麼知道的？」

---

⑭日本江戶中期知名幕臣與明官，其判決公正而不失人情。

小梢非常驚訝。

舅舅並未正面回答，只點了頭。

「妳就待在這裡吧，多見些形形色色的人。只要和三毛貓這樣的好女人天天相處，妳也會成為一個更好的女人，到那時候，妳的心結就會煙消雲散了。」

說著，舅舅摸了摸小梢的頭。小梢還沒從剛才的訝異中恢復過來，但並沒有拒絕舅舅的拍撫。

「可是，」小淳刑警開口詢問，「仁太先生呢？如果奈特咖啡館不再經營，讓我們搬進這裡，那麼您……」

舅舅聽了小淳刑警的疑問，臉上依然帶著笑容，環顧店內。

「我會離開這裡。」

「離開？」

開口的人是美代。仁太舅舅給了美代一個微笑。

「稍待一下，我去拿件東西。」

說完，舅舅快步上了樓梯。眾人面面相覷，毫無頭緒。

「該不會又要像以前那樣出去旅行了吧？」

美代微微皺著眉頭說。

「難說。」

舅舅做事隨心所欲，沒有人能夠預測。大家望向樓梯，狐疑著為什麼他要去二樓。不一會兒舅舅又下樓來了。

他換了衣服，從一貫的簡便和服換成了西裝。幾乎是神速完成，這表示他早有準備了。

另外，他左手拎著一只陳舊的皮革旅行箱。

而右手握著一柄……模型手槍？

為什麼會拿著模型手槍呢？

小淳刑警提高戒備似地瞇起了眼睛。

「小淳刑警，別緊張，這只是一把空氣槍，不是便宜貨就是了。」

空氣槍。只見萬分震驚的權藤先生眼睛瞪得如銅鈴、嘴脣抿成了一道縫，目光如炬地望著舅舅。這其中必有隱情。

「仁太……你……」

舅舅笑著阻止了權藤先生，沒讓他往下說。

「小望，你知道威廉・泰爾嗎？」

「呃，好像是個神箭手？就是一箭射穿兒子頭頂上的蘋果的那個人。」

「你說對了。」

舅舅讚許地點了頭，舉起手中的空氣槍朝我得意一笑，接著走進備餐區，站在櫃臺後方朝我扔來一個東西。

我順手接下。是一顆蘋果。

「蘋果……啊，不會吧？」

「就是你想的那件事。去站在那道牆壁前頂著那顆蘋果不要動。」

「不不不，舅舅，等一下啊！」

奈特咖啡館的橫寬相當長，從備餐區到對向牆壁約有七公尺。

「雖說是空氣槍，這樣的距離射中還是很痛喔。」

「萬一打到眼睛的話……」

美代的聲音透著憂慮。就是說嘛，這可不是無謂的擔心。

「放心吧。你伸手輕輕扶著蘋果免得滾下去……對對對，就是那樣。相信我！」

大概不至於死翹翹吧。

冷不防，砰砰砰砰砰！連續五發槍響。聲音沒有想像中那麼大。

我可以感覺到扶在頭上的蘋果受到了五次戳刺。大家滿臉驚訝。舅舅笑得十分得意。我輕輕拿下蘋果，五發全部命中，甚至……。

「被剖成一半了！」

是的，五發子彈是排成一縱列射入的。儘管只是殺傷力較弱的空氣槍，還是能夠輕易射穿蘋果。五發子彈幾乎都射穿了，滴落在我頭上的蘋果汁液冷冰冰的。

「百發百中！」

我聽到了結衣囁嚅的讚嘆。在她身旁的權藤先生應該也聽見了，隨之點頭輕嘆。

「老兄，看來寶刀未老嘛。」

寶刀未老？

「託您的福。」

舅舅笑得豪氣干雲。

「這樣好嗎？」

權藤先生問他。舅舅慢慢點了頭，接著看向小淳刑警。

「如何？雖然用的是空氣槍，由你這位專業人士的眼光看來，我的射擊技術還行嗎？」

小淳刑警神情嚴肅。

「坦白說，我的射擊成績差強人意。您從那麼遠的距離，輕輕鬆鬆全部命中，實在太厲害了！」

「是吧？腰纏萬貫不若一技在身。」

一技在身。難道這是舅舅專精的技能嗎？

「有什麼想問的，等一下權藤兄會一一回答。……結衣同學。」

「有！」

仁太舅舅看著結衣說：

「我的訓練非常嚴格，妳吃得了苦嗎？」

訓練？

結衣先是略微吃驚，旋即用力點頭答應。

「沒問題！」

表情認真的結衣大聲回答。

「這樣的話，我就暫時待在榛學園了。那裡有一棟老宿舍供教職員工生活起居，我會住在那邊工作。」

「榛學園？」

「沒錯，我現在要去拜訪那裡的一位松崎綾乃老師。綾乃老師可以說是榛學園的精神標竿，我會請她協助安排各項事宜。好事宜早不宜遲，我這就去簽合約放行李，稍後會再回來一趟，放心吧。走嘍！」

說完，仁太舅舅輕輕揮揮手，拎起行李箱就走出了奈特咖啡館。權藤先生提醒結衣趕緊跟上去，她才慌裡慌張地衝了出去。

留在原地的我、小淳刑警、三毛小姐、美代、小梢、克己還有北斗，一個個宛如摸不著頭腦的丈二金剛，只能不停地眨巴著眼睛。唯獨權藤先生彷彿一切了然於胸，看著我們。

「唔……」權藤先生先開了口，「不愧是他的一貫作風。」

「權學長，這是怎麼回事？」

小淳刑警急著追問。權藤先生輕輕點了頭。

「看來，他是讓我把一切告訴你們了。」說著，權藤先生舒了一口氣。「我家女兒結衣是榛短射擊隊的主力選手。」

「射擊隊……」

我沒聽過這種社團，但克己、北斗和其他人都頻頻點頭。

「那支隊伍名氣不小。」

北斗補充說。

「是哦？」

「沒錯。不是我這個當爸的誇自家女兒，結衣被譽為下屆奧運的奪牌希望。」

真不簡單，沒想到這女孩是個實力堅強的運動選手，難怪總覺得她的秀美中透著一股英氣。

「只是，衍生而來的煩惱是需要一位優秀的教練。因此，她想拜託仁太當專屬教練。」

仁太舅舅當射擊隊的教練？

「所以，結衣同學時常在路上追著仁太舅舅，是想請他當教練嗎？」

「應該是。」權藤先生說道，「關於那件事，我向仁太道過歉了。都怪我太疼女兒了，一個不留神透露了他的過去。」

舅舅的過去……。

「我不明白您的意思。當然，剛才拜見了仁太先生使用空氣槍，知道他擁有高超的射擊技術，但這和他的經歷有什麼相關嗎？」

詢問的人是小淳刑警。

「說來話長。他曾在美國一家保安公司上班。」

「保安公司？」

「保鑣？」

大家你一言我一語說了起來。我舅舅當過保鑣？權藤先生的神情格外凝肅。

「至少赤坂應該知道吧，美國的保安公司實際上就是民間軍事公司。」

小淳刑警點了頭。

「民間軍事公司？」

美代好奇詢問。

「所謂民間軍事公司，其業務範圍包括使用武器直接參與作戰、擔任重要人士的隨扈、負責各種設施的警衛保全，甚至還能代訓軍事人員。喜歡看電影的人應該知道，說白了，相當於現代傭兵組織。他們運用自身受過的軍事訓練，服務的客戶包括國家、企業以及個人，派駐現場的都是退役軍人、前傭兵、退職警察之類的一流戰力，萬一遇上武裝強盜入侵，立刻砰砰開槍撂倒。」

「舅舅待過那麼厲害的地方？」

「正是。」權藤先生點頭。「而且那家公司聘請他這位日本人擔任 chief instructor，也就是射擊教官。」

「射擊教官！」

我真的嚇到了。

「為什麼他能擔任那麼重要的職位？」

板著臉的權藤先生聽我這麼問，只能使勁點頭以示同感。

「我頭一次聽到時也嚇了一大跳，心想這傢伙到底是打哪來的厲害角色啊！據說，不管是手槍也好、來福槍也罷，舉凡名稱中帶著『槍』字的玩意，只要到了他手裡，無論距離多遠，他都能正中靶心。我在那邊認識的一些射擊專家一提到他無不推崇備至。」

「真有那麼厲害哦……」

「不過，他一沒當過軍人、二沒當過傭兵，只是一名運動員，也就是射擊競賽的專業選手，從來不曾開槍射過人，也沒有任何實戰射擊經驗。不過，他教過的學員的確會在工作現場開槍射人，這是事實。」

大家驚訝得你看我、我看你。

「那麼，他沒有提過自己從前的經歷嗎？」

美代發問。權藤先生搖了頭。

「那不重要。真正重要的是，他為什麼會辭去那份工作回國，在這裡過著近乎頹廢的日子。」

權藤先生抿了抿嘴脣，接著說：「最糟糕的巧合發生了。我們被捲入了銀行搶案。一群搶匪沒來得及逃出銀行就遭到警力包圍，於是挾持銀行裡的民眾做為人質，形成了對峙局面。我和仁太恰巧就在銀行裡。」

「權藤先生和仁太舅舅都成了人質？」

我不由得心一沉。

「當時實在是束手無策。我雖是刑警，但當時身上沒有武器，就和一般民眾沒兩樣。足足有五個強盜拿槍對準我們，我心裡急著保護大家卻什麼也辦不到。更糟的是，和我同行的另一位紐約市警局的刑警身分暴露，遭到槍擊。他暴露身分的原因是拔了槍。」

拔槍……。

「真的是一瞬間的事。拔槍的紐約刑警反而先被搶匪擊中倒地，下一個就輪到我了。就在這時，仁太為了保護我和其他人質，馬上撿起那位刑警掉在地上的槍射向那群搶匪。」

舅舅……

……開槍了。

權藤先生長嘆了一聲。

「搶匪總共五個。仁太就在電光火石之間迅速擊發五槍，撂倒了所有的搶匪。並且沒有一處是致命傷，簡直是神乎其技。他出於本能避開了致命部位，畢竟他沒有警察或軍人背景，腦中從來沒有殺人的念頭。然而，這個決定卻導致一位女性人質受到重傷。」

「受重傷……」

「其中一名搶匪倒下時開了槍，子彈不幸射中一個十幾歲女孩的肚子。」

小淳刑警閉上了眼睛，三毛小姐望向地面，美代和小梢捂著嘴巴，克己與北斗則眉頭深鎖。

「那個女孩後來……」

小淳刑警詢問。

「命是保住了，可是聽說下半身癱瘓了。」

「天啊！」

美代輕呼一聲。

「當然，仁太沒有罪，還被視為英雄。那還用說嗎！要是他不在場，我和其他人質早就被搶匪殺光光，上天堂去啦。這一點無庸置疑。可是仁太卻非常懊悔自己當下的判斷和一時心軟，居然毀了一個少女的一生。假如自己選擇讓那群搶匪統統一槍斃命，就不會害到那個女孩了。」

「可是，那並不是──」

小淳刑警急著想說些什麼，權藤先生揚起手來沒讓他往下說。

「我知道，他自己也明白。可是，那一幕他到現在都還記得清清楚楚，包括自己目睹了什麼、如何做出判斷，甚至是手部移動的角度。整個過程頂多兩秒到三秒而已。他全部記得射中了五個搶匪身上的哪個部位。換句話說，他若是動了殺機，根本不費吹灰之力。只要逐一擊斃搶匪、只要獨自承受後續的愧疚感，那個女孩就不會受傷了；但他卻為了明哲保身不願意殺人，因而沒有瞄準致命要害。這一切，想必他到今天依然歷歷在目。」

我一個字都說不出來。太悲傷了。

「不僅如此，按他的原話，射中五個人的那隻右手也背負著『罪孽』。」

「罪孽？」

我不由得反問。權藤先生的微笑透著感傷。

「開槍射過人的，手上都會留有那種觸感。其實，我也曾對人開槍，有同樣的經驗。」

「權學長也有那種經驗？」

小淳刑警訝異反問。權藤先生點頭承認。

「你還沒有那種經驗，以後最好也不要有。那是很多年前的事了，我朝一個企圖逃跑的凶嫌腳部開了槍。那種感覺……」權藤先生攤開右手掌，凝視良久。「很不可思議。手掌感覺到的明明應該只有擊發子彈的後座力，可是當子彈射進對方體內的剎那，那股觸感卻宛如沿著一條線傳回了掌心，並且永遠不會消失。所以，當我聽到仁太那傢伙用『自己右手的罪孽』來形容時，我也無法說出『沒那回事』來勸他別自責。」

我絕不認為那是罪孽；可是，此時在場的我們沒有資格說出這句話。因為那是仁太舅舅內心的感受。

「所以，他選擇把這些深埋在心底，不願意向任何人透露自己的過去，對於結衣的請託也一直能躲就躲。然而，他現在決定接下教練的職務，並且促成這樣的場合讓我代為說出他的過去。」權藤先生的目光在每一個人的臉上緩緩停留片刻。「他事前沒向我提過，不過我相信，他希望你們之中的某些人知道這段過往。」

我猜，或許是小淳刑警和三毛小姐。

「我壓根不知道他這樣做的動機，也不確定讓在場的年輕女孩聽這麼沉重的往事是否恰當，不過……」權藤先生又看了大家一次。「他覺得可以讓你們知道。這表示他認為你們這些年輕人都能夠接納與包容他的這段往事。所以，你們不妨各自想想，為什麼他要讓你聽到這件事吧。」

小淳刑警、三毛小姐、小梢、美代、克己、北斗，還有我，靜靜地聽完這段話。

仁太舅舅回到這裡已經是晚上十點半過後了。一如往常，這個時段的奈特咖啡館只剩下我和舅舅兩人。

「大家都回去嘍？」

一身西裝的舅舅彷彿只是剛去散步回來，一派輕鬆地問著，並將自己扔進沙發裡。

「早就走了。怎麼這麼晚才回來？」

「和綾乃老師與聖伯聊得太愉快了。」

「聖伯也去了？」

「對。」舅舅說道。「聖伯和綾乃老師是舊識。細節等以後再說，總之就是詳談我去榛學園擔任射擊隊教練的種種。」

種種……。嗯，可以想見他們交換了各式各樣的意見。

雖然有一肚子話想問舅舅，按習慣他應該想先喝一杯再說，所以我調了杯波本加冰送過去。

「嘿，正合我意，謝啦。」

舅舅仰頭喝了一口。

「事情談得順利嗎？」

「那還用說嗎，這麼傑出的教練求都來不及了。等著看下屆奧運吧。我會讓全世界的人對這個不算熱門的競賽項目刮目相看！」

看著舅舅一副成竹在胸，我也跟著滿懷信心。

本來有好多事要問，仔細想想好像也沒那麼重要了。儘管兩人即將搬往不同的地方，但我和舅舅之間不會有任何變化。

「小梢她……」

「怎麼了？」

「回去前說了對不起。」

「對不起什麼？」

「我沒問，應該是我們想的那個意思吧。她說明天以後一樣會來這裡幫忙整理。另外，她也和三毛小姐聊了很多。」

「嗯，這樣再好不過了。」

我想，小梢以後不會繼續纏著濱崎先生了。或許當她答應在這裡打工的那一刻起，就已經決定不再那麼做了。

「小淳刑警說過幾天再來向舅舅正式報告和三毛小姐的婚事。」

「這樣啊。」

「看他離開的時候像是鬆了一口氣，又像是下定決心似的。」

仁太舅舅笑了一下，端起酒杯啜了一口。

「我想也是。」

小淳刑警內心的想法，唯有問他本人才知道。不過，我覺得他決定結婚，表示不再拘泥於三毛小姐的過去，而要和她攜手迎向美好的未來。

至於美代喜歡仁太舅舅的心意該怎麼辦，等以後再慢慢談吧。反正北斗和克己都在，不愁找不到人商量。當然，我願意隨時陪她聊，更何況舅舅又不是要離開這座小鎮了。

「仁太舅舅……」

舅舅放鬆地喝了一口波本加冰，面帶微笑看向我。

「怎麼了？」

「其實，我是同志。」

仁太舅舅看著我，聳聳肩。

「是喔，跟我一樣。」

「少來！」

舅舅哈哈大笑。

「什麼時候要搬去宿舍？」

「這個嘛……」舅舅點點頭，環顧奈特咖啡館。「什麼時候都無所謂。只是明天一定有很多人跑來問東問西的，乾脆再約個時間把大家集合起來吧。這事交給你去辦，隨你安排。」

「遵命。」

仁太舅舅是一位名副其實的「KNIGHT」。這些年來，他是自己決定留在奈特咖啡館，等候人們前來諮商，竭盡所能地給予協助。

只為了幫人消煩解憂。

他是一位擁有高尚情操，為別人挺身奮戰的騎士。

我是這麼認為的。

PL00087

花開小路三丁目的騎士

作　者—小路幸也
譯　者—吳季倫
編　輯—黃煜智
校　對—魏秋綢
插　畫—上杉忠弘
封面設計—楊珮琪
內頁排版—陳恩安

總 編 輯—龔橞甄
董 事 長—趙政岷
出 版 者—時報文化出版企業股份有限公司
108019 台北市和平西路三段二四〇號七樓
發行專線—(〇二)二三〇六六八四二
讀者服務專線—〇八〇〇二三一七〇五
(〇二)二三〇四七一〇三
讀者服務傳真—(〇二)二三〇四六八五八
郵撥—一九三四四七二四時報文化出版公司
信箱—10899 臺北華江橋郵局第 99 信箱

時報悅讀網—http://www.readingtimes.com.tw
思潮線臉書—https://www.facebook.com/trendage
法律顧問—理律法律事務所　陳長文律師、李念祖律師
印　刷—勁達印刷有限公司
初　刷—二〇二二年一月七日
定　價—新台幣四二〇元
(缺頁或破損的書，請寄回更換)

時報文化出版公司成立於一九七五年，
並於一九九九年股票上櫃公開發行，於二〇〇八年脫離中時集團非屬旺中，
以「尊重智慧與創意的文化事業」為信念。

花開小路三丁目的騎士 / 小路幸也著 ; 吳季倫譯 . --
初版 . -- 臺北市 : 時報文化出版企業股份有限公司 ,
2021.12
336 面 ; 14.8×21 公分
譯自 : 花咲小路三丁目のナイト
ISBN 978-957-13-9657-6(平裝)

861.57　　110018369

HANASAKI - KOJI SANCHOME NO KNIGHT

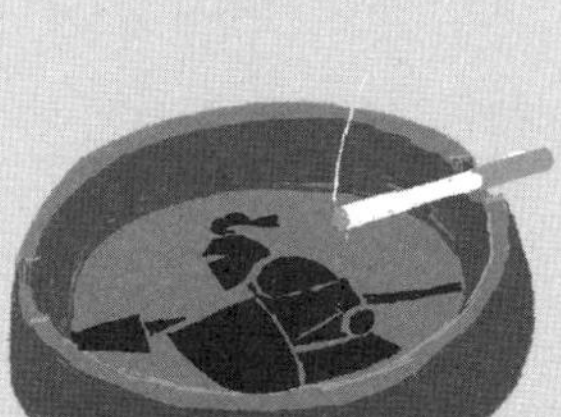